BASTEI
LÜBBE

In dieser Taschenbuchreihe sind folgende Romane erschienen:

70 001	Graham Masterton	Der Manitou
70 002	Dennis Wheatley	Diener der Finsternis
70 003	Michael T. Hinkemeyer	Der Sommer der Toten
70 004	Ramsey Campbell	Die Puppen in der Erde
70 005	D. Shryack/M. Butler	Der Teufel auf Rädern
70 006	Theodus Carroll	Ein leises böses Flüstern
70 007	Graham Masterton	Der Dschinn
70 008	Amis/Highsmith/Lee (Hrsg.)	13 Prisen Mitternacht – Moderne Geistergeschichten
70 009	Dennis Wheatley	Der schwarze Pfad
70 010	Phil Smith	Die Auferstehungsmaschine
70 011	Jack D. Shakleford	Das Volk im Hügel
70 012	Brian Lumley	Die Herrscher in der Tiefe

Robert Chetwynd-Hayes

Der Monster-Club

Horror-Roman

BASTEI
LÜBBE

BASTEI-LÜBBE-TASCHENBUCH
Horror-Bibliothek
Band 70 013

Deutsche Lizenzausgabe 1979
Bastei-Verlag Gustav H. Lübbe, Bergisch Gladbach
Originaltitel: The Monster Club
Ins Deutsche übertragen von Gisela Tinnefeld
Umschlaggestaltung: Atelier Langenfass-Kaip, Ismaning-München
Druck und Verarbeitung: Ebner, Ulm
Printed in Western Germany
ISBN 3-404-01272-0

Der Preis dieses Bandes versteht sich einschließlich der gesetzlichen Mehrwertsteuer.

Inhalt

Vorbemerkung des Autors

Ich möchte betonen, daß der Monster-Stammbaum auf Seite 60 lediglich einen groben Überblick über die Kreuzungsmöglichkeiten moderner Monster bietet. Paarungen zwischen der ersten und der zweiten Generation oder den Mischlingen sind zwar unüblich, aber nicht unbekannt. Wenn man beispielsweise einen *Shadmock* mit einem Vampir kreuzte, käme dabei ein *Shadvam* heraus, und ein *Mock* gekreuzt mit einem *Ghul* ergäbe einen *Mockgul,* und so fort.

In der dritten Geschichte habe ich einen *Ghul* mit einem *Menschen* gepaart – oder monstergerecht ausgedrückt, mit einem *Homo* – und so einen *Homghul* gezeugt.

Ein aufmerksamer Student der Montrologie, der seine Augen aufmacht, wird zweifellos viele merkwürdige Mischungen entdecken, die gerade einen Stadtbummel unternehmen oder in der U-Bahn einen Stehplatz ergattert haben.

Vorspiel

Donald McCloud hatte, seinem schottischen Namen zum Trotz, für alle ein großes Herz und infolgedessen ein kleines Bankkonto. Er konnte an keinem Streichholzverkäufer vorübergehen, ohne dessen Bestände fast gänzlich aufzukaufen. Sammler für wohltätige Zwecke zog es in seine Nähe wie Bienen zum Honigglas. Kirchenmänner hielten an seiner Tür die Hand für ihre reparaturbedürftigen Glockentürme auf, und Bettelbriefe machten einen beträchtlichen Teil seiner Post aus.

Als der kleine Mann im schmutzigen Regenmantel auf der Charing Cross Road zusammenbrach, war Donald selbstverständlich der erste aus der vorbeiströmenden Menge, der ihm zu Hilfe kam. Er lief zu ihm, kniete sich auf das feuchte Pflaster und drehte den kleinen Mann auf den Rücken.

Ein weniger mitfühlender Mensch wäre über den Anblick entsetzt gewesen. Das winzige Gesicht war ein nur mit leichenblasser Haut überzogener Totenschädel, das strähnige Haar ähnelte ölverklebter Baumwolle, und die langen, gelblichen Zähne schlugen in höchst alarmierender Weise aufeinander.

»Wie fühlen Sie sich?« forschte Donald, als sich die blaßblauen Augen öffneten und ihn kalt anstarrten. Ein heiseres Flüstern drang durch die gelben Zähne:

»Ausgehungert.«

»Sie Armer!« Donald dachte zunächst an Restaurants, Cafés und Lyons' Teestuben, während er auf die knochige Vogelscheuche zu seinen Füßen hinunterblickte. Dann entschied er: »Passen Sie auf, Sie kommen mit zu mir.«

»Ausgehungert«, wiederholte der kleine Kerl. »Brauche Nahrung.«

»Ja, das sehe ich. Wir nehmen ein Taxi, und bei mir zu Hause bekommen Sie etwas Anständiges zu essen.«

»Ganz trockenen Mund.« Mit Donalds Hilfe kam der kleine Mann unsicher auf die Beine und beäugte hungrig die Vorübergehenden. »'nen ganz leeren Magen.«

»Unverschämt!« Donald schaute mißbilligend zu einem gutsituiert wirkenden Passanten, der ganz ungläubig auf die kleine, ausgemergelte Gestalt starrte. »Sie sprechen von der Überfluß-Gesellschaft, und hier ist ein Mensch fast verhungert.«

»Ausgehungert«, bestätigte der kleine Mann. »Hatte seit zwei Wochen nichts zu schlürfen.«

»Taxi!« Donalds Stimme klang schrill und laut. »Ein Notfall, Taxi . . .«

*

Donald half dem kleinen Mann die Stufen zu seiner Wohnung im obersten Stockwerk hinauf. Er setzte ihn in einen Lehnsessel und eilte mit großen Schritten in die Küche. Hier wärmte er den restlichen Eintopf von gestern auf und öffnete eine Dose Reis mit Sauce, die das Werbefernsehen bereits seit Wochen empfahl. Dann richtete er das improvisierte Mahl geschmackvoll auf einem rosa Plastikteller an und trug es ins Wohnzimmer. Der kleine Mann empfing seinen Gastgeber ohne Begeisterung.

»Hier«, sagte Donald herzlich, »stelle ich . . . eh . . . wie darf ich Sie nennen?«

»Eramus.« Der kleine Mann schaute mit unübersehbarem Abscheu auf den dampfenden Eintopf. »Ich glaube nicht, daß ich das essen kann.«

Donald nickte voller Verständnis. »Natürlich, wenn Sie so lange nichts mehr gegessen haben, müssen Sie vorsichtig sein. Nehmen Sie erstmal einen kleinen Schluck von der Sauce. Das wird Ihre Verdauungssäfte wieder anregen.«

»Ich glaube, Sie haben das nicht kapiert, Mann«, stöhnte Erasmus. »Ich krieg' nichts Richtiges 'runter. Das ist nicht mein Fall, verstehen Sie.«

»Sie meinen«, Donald überlegte, »Sie sind ein Trinker?«

Erasmus wirkte ein bißchen gekränkt.

»So kann man's auch nennen. Aber ich brauche keinen Schnaps. Man könnte sagen, ich lebe von einem ganz speziellen Stoff. Rotem Stoff.«

»Sie meinen . . .?«

Eramus nickte bedächtig. »Genau, Mann. Ich bin ein Vampir.«

*

Donald kam gut zwanzig Minuten später wieder zu sich und merkte, daß Eramus mitfühlend ein nasses Handtuch um seinen Kopf gewickelt hatte und versuchte ihm ein Glas Whisky einzuflößen. Außerdem fühlte er einen leichten Schmerz an der linken Seite seines Halses, und als er tastend nach der wunden Stelle forschte, entdeckte er zwei winzige Löcher. Eramus verteidigte sich.

»Ich hoffe, es macht Ihnen nichts aus, Mann. Ich habe ja bloß meine Lippen befeuchtet. Nur ein Tropfen. Schließlich haben Sie mich zum Essen eingeladen.«

»Ich finde, Sie hätten wenigstens fragen können«, meinte Donald vorwurfsvoll, als er unsicher auf die Beine kam und zum nächsten Sessel wankte. »Ich finde, es zeugt einfach von schlechtem Benehmen, sich selbst zu bedienen.«

»Das Elend ist«, Eramus gab sich Mühe, es zu erklären, »bei den meisten Leuten hört die Großzügigkeit auf, wenn es auch nur um einen einzigen Tropfen von diesem roten Zeug geht. Wirklich geizig sind sie da. Dabei haben die meisten doch mehr, als sie brauchen.«

»Meiner Ansicht nach«, begann Donald mit großem Ernst, »ist das Vampir-Dasein kein erfreulicher Zeitvertreib. Verzeihen Sie den Ausdruck, aber es ist einfach ekelhaft.«

»Das müssen Sie *mir* nicht sagen, Mann«, stieß Eramus hervor und schüttelte bekräftigend den Kopf. »Es ist verdammt scheußlich. Es bringt nichts ein, heutzutage Vampir zu sein. Ich will sagen, versetzen Sie sich mal in meine Lage, Kumpel. Stellen Sie sich eine Blut-Diät vor, Nacht für Nacht, Jahr für Jahr. Und glauben Sie nicht, man käme leicht 'ran. Die Leute sind heute aufgeklärt. Es ist nicht so wie damals, als ich in die Sache einstieg.«

»Aufgeklärt!« rief Donald verwundert aus. »Inwiefern?«

»Horror-Filme«, antwortete Eramus unwirsch, und seine Miene kräuselte sich zu einem Ausdruck entrüsteter Ablehnung. »Sie sollten verboten werden. Ein gemeiner Verrat von Berufsgeheimnissen. Sie nehmen uns das Blut von den Lippen.«

Er beugte sich vor und drohte zur Unterstreichung seiner Empörung mit dem Zeigefinger. »Heute weiß doch jedes kleine Kind, daß zwei gekreuzte Holzscheite Gift für uns sind. Und die Sache mit dem fließenden Wasser. Ein sehr guter Freund von mir wurde von einem Frauenzimmer, dem man den Hintern versohlen müßte, unter die Dusche gelockt. Und noch was – wann immer ich meine hölzerne Bettdecke zuklappe, nie kann ich sicher sein, daß nicht irgendein Besserwisser mit einem spitzen Pfahl in meine Ruhepause platzt.«

Donalds mildes Herz war von der Aufzählung der Peinigungen einer verfolgten Minderheit sehr mitgenommen. Mit einem tiefen Seufzer bekundete er sein Mitgefühl.

»Ich kann Ihre Schwierigkeiten gut verstehen. Andererseits gehört Blut zu den wenigen Annehmlichkeiten, die heutzutage nicht besteuert werden. Da sind die Leute natürlich stark interessiert, es zu behalten. Ich werde das Gefühl nicht los, hier wäre eine ausgezeichnete Marktlücke für einen Betrieb, der Blut in Dosen abfüllt und Ihren Leuten mit einem hübschen Gewinn verkauft. Wahrscheinlich wäre eine Art Supermarkt geeignet. Dann könnten Sie mit einem Einkaufsnetz losziehen und Ihren Bedarf decken.«

Eramus versuchte ein Lächeln, was ihm aber wohl mangels Übung nicht recht gelang.

»Das ist ein großartiger Einfall, Mann, und ich muß zugeben, es ist eine Wohltat, jemanden zu finden, der uns begreift. Die meisten Leute rümpfen die Nase, wenn sie 'rauskriegen, was mit mir los ist.«

»Wir haben alle unser Kreuz zu tragen«, sinnierte Donald feierlich. Eramus zuckte zusammen.

»Bitte, mir wäre lieber, Sie vermieden dieses Wort.«

»Ich bitte um Verzeihung.«

»Schon gut, Mann«, winkte Eramus ab. »Die kleine Erfrischung, die Sie mir liebenswürdigerweise gegönnt haben, hat mich wieder auf die Beine gebracht, und ich schaffe es jetzt bis zum Club. Dort kann ich meine Wochen-Ration einnehmen.«

»Sie besuchen einen Club!« In Donald meldete sich eine gewisse aufflackernde Neugierde. »Mir war noch nicht bekannt, daß . . .«

»O ja«, Eramus nickte, »wir Drop-outs müssen zusammenhalten, sonst wären wir schon vor Jahren ausgemerzt worden. Bei uns gibt es eine, man könnte sagen, sehr unterschiedliche Mitgliedschaft. Außer meiner Sorte gibt's dort Werwölfe, Schlangenmenschen, Wespenfrauen, gestrandete Schattenmonster, weniger erfolgreiche Experimente des alten Baron Frankenstein sowie einen Flucht-Dämon, der mit einem gebrochenen Flügel notlanden mußte, einen Aufhocker, der seit zwanzig Jahren nach einem nackten jungfräulichen Rükken sucht, und ein Ding aus dem All, das '57 von einem Spähtrupp vergessen wurde.«

»Um Himmels willen!« Donald erschauerte, obgleich er wußte, daß sein Gast das als Unhöflichkeit auffassen mochte. »Sie müssen . . . viel Spaß haben.«

»Wir treffen uns dort gelegentlich zu einem gemütlichen Beisammensein«, bestätigte Eramus, »besonders zur Weihnachtszeit. Wissen Sie was – hätten Sie nicht Lust, mal vorbeizuschauen?«

»Ich weiß nicht.« Donald gab sich zurückhaltend, obwohl er ein beängstigendes Interesse verspürte. »Sicher passe ich nicht recht dazu. Ich meine, ich bin kein . . .«

»Kein Monster?« Eramus gluckste, und Donald mußte dabei an Hühnerhof-Gegacker denken. »Aber Sie sind eins, Mann. Betrachten Sie es von unserer Warte aus. Sie essen Fleisch und Gemüse, Apfeltorte und Schlagsahne. Nachts schlafen Sie und spazieren herum, wenn die Sonne heiß herunterbrennt. Soweit ich sehen kann, haben Sie auch keine Hörner, Schuppen, spitze Ohren, Kiemen, Reißzähne, Klauen, Stoßzähne, keinen Pelz, Schwanz und keine Schnauze – entschuldigen Sie, aber ich muß sagen, Sie sind das größte Monster von uns allen. Begleiten Sie mich als Gast, und wenn Sie wollen, stelle ich Sie dem Vorstand als potentielles Mitglied vor.«

Donald durchrieselte jene große, freudige Dankbarkeit eines Menschen, der aus der Kälte an den warmen Ofen geholt wird. Gesellschaftliche Anerkennung bedeutete ihm sehr viel.

»Das ist furchtbar nett von Ihnen. Aber macht es auch keine Umstände?«

Eramus gab wieder ein glucksendes Geräusch von sich.

»Umstände! Was zieren Sie sich so, Mann? Sie sind meine Blume im Knopfloch, wie man so sagt. Zum Teufel, Sie tun mir doch einen Gefallen.«

»Wenn Sie es so sehen«, Donalds Bedenken wurden von seiner Neugier weggewischt, »kann ich nicht gut ablehnen.«

»Dann nehmen Sie Hut und Mantel«, forderte Eramus ihn auf, »und wir machen uns auf den Weg.«

»Was, jetzt gleich?«

»Nur die Gegenwart zählt.« Eramus erhob sich und rieb seine Hände in freudiger Erwartung. »Die Nacht ist kurz, und wir Vampire leben für den Augenblick. Beeilung, ich bin schon wieder völlig ausgehungert.«

*

Der Monster Club lag in der Swallow Street, bescheiden zwischen eine Austern-Bar und ein Curry-Restaurant gezwängt. Man erreichte den Club über eine schwach beleuchtete Treppe, die in einen tiefen Keller führte. Donald folgte seinem Gastgeber durch eine düstere Passage, um zwei oder drei Ecken herum, durch mehrere Türen und endlich in eine kleine, hell erleuchtete Empfangshalle. Ein hochgewachsener, ungewöhnlich dünner Mann mit einem Gesicht, das an einen Totenschädel erinnerte, stand hinter einem Empfangsschalter. Er hätte Eramus' älterer Bruder sein können. Der Mann starrte auf eine Tafel, die in roten Lettern verkündete:

In diesem Club sind alle Mitglieder gleich:
ob sie Krallen, Klauen oder Reißzähne haben, Haut, Pelz oder ein Panzer sie ziert, ob sie aus Grab, Gruft oder Laboratorium stammen,
ob sie gleiten, laufen oder kriechen,
ob sie atmen, keuchen oder nichts von alledem.
Kein Monster wird vorrangig behandelt.

Unterzeichnet
EATN Ghul
(Stellv. Vorsitzender)

»N'Abend, Theobald«, grüßte Eramus das traurig dreinschauende Individuum am Empfang. »Noch immer trocken?«

Theobald nickte bekümmert. »Leider. Hatte die Woche nicht mal 'nen Fingerhut voll.« Hoffnungsvoll betrachtete er Donald, dann fragte er leise: »Was ist denn das? Haste dein eigenes Abendessen mitgebracht?«

»Nein, das ist mein Gast. Ich möchte Ihnen meinen Vetter Theobald vorstellen, McCloud. Wie wir übrigen Vampire ist er auf dem Tiefpunkt angelangt.«

»Das tut mir leid.« Mitfühlend ergriff Donald die kalte, tote Hand, die sich zögernd in seine legte. »Ich hoffe, es geht Ihnen bald wieder besser.«

»Danke, Sir.« Theobald verneigte sich und wandte sich dann an Eramus. »Die Lebensmittelmarken dabei, Eramus? Der Vorstand läßt uns die Gürtel enger schnallen wegen der Blutknappheit.«

Eramus zog ein winziges, braunes Buch aus seiner Brusttasche, und Theobald schnibbelte mit einer Nagelschere drei Coupons von einem Blatt. Dafür reichte er Eramus eine rote Karte.

»Langt für vier kleine Gläser«, erklärte Theobald.

»Kaum genug, um Haut und Knochen zusammenzuhalten«, schimpfte Eramus und stieß eine mit grünem Fries bespannte Tür auf. »Wenn ich an die Gallonen denke, die ich damals zum Einstand gegeben habe, fangen meine Reißzähne an zu klappern.«

Donald hörte kaum hin. Er war viel zu sehr von der vor ihm liegenden Szenerie beeindruckt. Er schaute in einen weitläufigen Raum, der eher wie ein normales gepflegtes Restaurant der Spitzenklasse aussah: Stühle mit hohen, vergoldeten Rückenlehnen standen adrett um die Tische, die mit schneeweißem Damast bedeckt waren. Auf der kleinen Bühne spielte eine Drei-Mann-Band langsame, das Blut abkühlende Musik.

Donald war für das gedämpfte Licht dankbar, denn das Publikum war geeignet, jeden normalen Gast in die Flucht zu schlagen. Er sah ein haariges Gesicht mit den buschigen Brauen des Werwolfs; die Trauermiene und die in ein Leichentuch gehüllte

Gestalt eines Friedhofsghuls; den eckigen Schädel und den klumpigen Körper eines sonderbaren Monsters, das ein verrückter Wissenschaftler in seinem Gebirgs-Laboratorium hervorgebracht hatte; die solide Steinmasse des Golem; die Windungen der Schlangenfrau; die schleimigen Tentakeln eines scheußlich aussehenden Etwas, das sich wohl von irgendeiner schwarzen Lagune hierher verirrt hatte; und etliche andere unheimliche Geschöpfe, die zu der vorrangig vertretenen Gattung der Monster zu zählen waren.

Eine Vampir-Familie schien das Personal zu stellen. Ein leichtbekleidetes Zigaretten-Girl entblößte seine Eckzähne zu einem dümmlichen Lächeln. Einem Kellner, ganz in Schwarz, lief das Wasser im Mund zusammen, als sein pupillenloser Blick auf Donalds fleischigen Nacken fiel. Und der Band-Leader hatte ein Paar Reißzähne, die über seine Unterlippe hingen und ihm Grübchen ins Kinn drückten.

Der Kellner führte sie zu einem Tisch in der Ecke, links von der Bühne. Dort überreichte er Donald eine Karte mit verschiedenen Spalten, die die Bedürfnisse und Geschmacksrichtungen der unterschiedlichen Gäste berücksichtigten. Die Vampire lebten kümmerlich.

Vier Gläser pro Person stand da, und darunter las Donald: *Warum probieren Sie nicht einen Teil Ihrer Ration als Klümpchen gefroren und mit Eis-Creme serviert?*.

Die Ghule kamen am besten weg. Unter der Überschrift *Fleisch-Gerichte* entdeckte Donald so leckere Sachen wie *Gepökeltes Aas mit Grabstein-Sauce* und *Friedhofs-Schmortopf – ein Muß für den Genießer*. Werwölfe wurden zu *Schlagt die Zähne in den Schenkel einer Jungfrau* eingeladen, während See-Monstern ein *Toter Seemann im Wrack* angeboten wurde.

Am Ende der Karte stand die Rubrik für *Menschliche Förderer*. Das war genau das Richtige für ihn, fand Donald. Er konnte zwischen Fisch mit Bratkartoffeln, Roastbeef mit Yorkshire-Pudding, geschmorten Kaldaunen mit Zwiebeln und weiteren Köstlichkeiten wählen, die garantierten, daß sie *Frischmachen zur nächsten Spende*.

Dieser Hinweis beunruhigte Donald leicht, und er machte seinen Gastgeber darauf aufmerksam. Aber Eramus fegte seine Bedenken mit einer Handbewegung beiseite.

»Kein Grund zur Sorge, Sie sind Gast. Wir Vampire haben viel gelernt, seit der alte Graf sich sein Lebenselexier holte, wo er es fand. Langen Sie zu, egal worauf Sie Lust haben. Und wenn Sie anschließend spenden möchten, ist das Ihre Sache.«

Um ein größeres Risiko auszuschließen, bestellte Donald Roastbeef. Dabei hoffte er inständig, daß der Küchenchef gewissenhaft arbeitete und die angebotenen Speisen nicht vermischte. Eramus wurde seine Ration mit Erdbeer-Eis serviert, und man mußte zugeben, daß sie sehr appetitanregend aussah. Dann lehnte er sich zurück und heftete seine Augen auf die an den Nachbartischen speisenden Berühmtheiten.

Eramus wandte seine Aufmerksamkeit einer großen, gut gebauten Dame mit einem viereckigen Schädel zu, die sich mit einigen befremdlichen Typen unterhielt, die verkehrt zusammengesetzt zu sein schienen. Dem einen sprossen Hände anstelle der Ohren. Ein anderer verfügte über ein Überangebot an Nasen: ein überlanger Riecher wurde von zwei kleineren, mißlungenen eingerahmt. Ein weiterer fiel durch die steile Aufreihung von Ohren beiderseits seines furchtbar langen Gesichts auf. Donald wollte gerade eine sehr intelligente Frage formulieren, als die riesige Dame mit einem lauten Raunen bedauerte:

»Wirklich, niemand kann mich für die Fehler meines Großvaters verantwortlich machen.«

»Baronin Frankenstein«, flüsterte Eramus. »Die Enkelin des berühmten Barons und seiner selbstgebastelten Braut.«

Donald bemerkte: »Oh!« und betrachtete die Baronin mit größtem Interesse. Schließlich hatte er die bewundernswerte Karriere ihres Großvaters seit seiner frühen Kindheit in den Spätvorstellungen verfolgt.

»Sie hat ein weiches Herz«, erklärte Eramus, »man könnte sagen, sie wacht mit der Fürsorge des Besitzers über die kleinen Mißgeschicke ihres Großvaters. Zweimal im Jahr lädt sie hier alle zum Essen ein.«

Donald hätte einige bohrende Fragen gestellt, wären sie nicht durch die Ankunft des merkwürdigsten Wesens unterbrochen worden, das bisher in dieser befremdlichen Gesellschaft aufgetaucht war. Eramus machte bekannt.

»Dies ist Manfred der Wervamp, mein Lieber.«

Man tauschte Höflichkeiten aus. Manfred machte es sich in einem Sessel bequem und nahm die Einladung zu einem »Bloody Mary« an, während Donald prüfend das höchst beunruhigende Äußere des neuen Gastes betrachtete. Er blickte in ein längliches, leichenblasses, aber nicht häßliches Gesicht, in dem die großen Vampir-Zähne besonders auffielen. Doch damit hörte seine Ähnlichkeit mit den Blutsaugern bereits auf. Das lange, dichte Haar, die Krallen an den Händen und vor allem der mit Fell bewachsene Schwanz, den er beim Hinsetzen durch ein besonderes Loch in der Rückenlehne schieben mußte – das alles ließ auf einen Werwolf in der Familie schließen. Die großen braunen Augen blickten traurig, als er den »Bloody Mary« in einem Zug herunterstürzte, und Donald hatte den Verdacht, daß sein Tischnachbar in der letzten Zeit sehr zurückhaltend gewesen sein mußte.

»Manfred hat ein Problem«, erklärte Eramus vertraulich, »auf das man nur bei längerem Nachdenken kommt.«

»Wie bedauerlich«, sagte Donald, dessen Mitleid augenblicklich aufflammte. »Was ist denn genau sein Problem?«

»Nun, es handelt sich darum . . .«, begann Eramus und bat dann mit einer unerwarteten Feinfühligkeit: »Erzähle es ihm selbst, Manfred.«

»Kurz gesagt«, sprach der Wervamp mit einer tiefen, kultivierten Stimme, »meine Mutter war ein Vampir aus gutem Hause. Ihr Stammbaum geht auf den berühmten Grafen zurück, daran besteht kein Zweifel. Aber mein Vater war ein Werwolf von schlichter – ich bin kein Snob –, von proletarischer Herkunft. Die Folge ist, daß ich eine gespaltene Persönlichkeit habe. Die eine Hälfte scätzt einen feinen Schluck, während die andere, wie eine gewöhnliche Bestie, etwas zerfetzen will. Es ist wirklich zuviel, und manchmal denke ich, es wäre das beste, ich machte einen langen Spaziergang durch die Sonne.«

»Nein, nein«, beschwor Eramus den Verzweifelten, »das ist keine Lösung. Versuch mal an die Vorteile zu denken. Schließlich hast du das Beste von zwei Welten. Wenn Blut knapp ist, mußt du nur die alten Pfoten auf Trapp bringen und gehst jagen.«

»Das ist schon richtig«, Manfred schüttelte sein Haupt, »aber weißt du nicht, daß der Werwolf in mir nur zu Zeiten des Vollmonds Gestalt gewinnt? Für die übrige Zeit bin ich ein Humvamp.«

»Bei Satans Knickerbockern«, fluchte Eramus. »Das ist übel. Das ist die übelste Geschichte, die ich je gehört habe.«

»Bestimmt. Die halbe Zeit weiß ich nicht, soll ich sie nun aussaugen oder zerreißen.«

Sie wurden von einem Ghul unterbrochen, der sie bat, ihm freundlicherweise den Weg zur Herrentoilette zu zeigen. Manfred beobachtete die davongehende Gestalt mit einigem Neid.

»Der ist letztlich gut im Geschäft«, meinte Manfred vorwurfsvoll.

Donalds Neugierde war nicht zu beändigen, und auf die Gefahr hin, sein Gegenüber durch eine Taktlosigkeit zu verletzen, fragte er: »Verzeihen Sie, aber mir war nicht bekannt, daß – wie soll ich sagen – unterschiedliche Arten einander, eh, heiraten können. Würden Sie mir erklären, wie Ihre Eltern, nun ja, wie sie zusammenkamen?«

»Das ist eine lange und traurige Geschichte.« Manfred wischte sich mit seinem Handrücken über ein tränenfeuchtes Auge.

»Das ist es.« Eramus nickte grimmig. »Ich garantiere, daß diese Geschichte eine Statue zum Weinen brächte. Er ist nämlich eine Waise.«

»Oh, Sie Armer!«

»Tja.« Eramus nickte abermals, doch jetzt mit düsterer Befriedigung. »Sein Vater wurde mit einer Silberkugel erschossen. Von einem kleinen Nichtsnutz, der wohl ›*Der Werwolf von Hackney Wick*‹ gesehen hatte. Und seine arme Mutter . . . Erzähl es ihm, Manfred.«

»Ein verrückter Pfaffe mit einem Zeltpflock und einem Kohlenhammer.«

»Wie mein Vater schon immer sagte«, stellte Eramus fest. »Sohn, hüte dich vor Pfarrern und Pfadfindern.«

Ein tiefes Schweigen folgte dieser schwerwiegenden Feststellung, das Donald benutzte, um seine Augen über die Nachbartische schweifen zu lassen und sich noch einmal zu wundern, daß eine solche Sammlung von Monstern unentdeckt im modernen Swinging London existieren konnte. Doch dann erinnerte er sich einiger Gesichter aus der Untergrundbahn und wunderte sich nicht weiter. Baronin Frankenstein lauschte hingebungsvoll einer Anekdote, die eines der Mißgeschicke ihres Großvaters vortrug, und verkündete mittendrin:

»Ich erinnere mich, der Lieblingsspruch des Barons war – *Zurück ans Reißbrett.*«

Donald wurde abrupt zu seiner unmittelbaren Umgebung zurückgerissen, als Manfred plötzlich fragte: »Möchten Sie die Geschichte meiner beklagenswerten Eltern hören?«

»Falls es nicht zu schmerzlich wäre?«

Manfred seufzte und heuchelte die Zurückhaltung des erfahrenen Erzählers.

»Sie wollen sicher nicht mit meinen Familien-Tragödien behelligt werden.«

»Und ob ich will«, sagte Donald, bemerkte aber dann, daß dies vielleicht nicht die taktvollste Antwort war. »Ich würde Ihre Geschichte gern hören – aber nur wenn es für Sie keine besondere Unannehmlichkeit bedeutet.«

»Spuck's aus«, forderte Eramus, »und kein weiteres Gefasel mehr.«

Der Wervamp seufzte. »Nun gut, wenn ihr darauf besteht. Aber meint ihr nicht, ehe ich anfange . . .«

Eramus winkte dem langzahnigen Kellner.

»Zwei Bloody Marys. Tomatensaft für den menschlichen Spender.«

»Ich werde«, erklärte Manfred, nachdem er an seinem Glas genippt hatte, »die Geschichte in der dritten Person erzählen. Das macht es interessanter, und außerdem ist es die Geschichte meines Vaters, nicht meine eigene.«

Und damit lehnte sich Donald, umgeben von den Mitgliedern des einzigartigen Monster Clubs, zurück, genoß seinen Drink und lauschte der Erzählung.

Der Werwolf und der Vampir

George Hardcastles Abstieg begann mit seiner Hundeliebe. An keinem Vierbeiner konnte er vorübergehen, ohne schnell seinen Kopf zu tätscheln. Kam ein räudiger Bastard um die Ecke, pfiff George und rief: »Komm schon, Junge! Na, komm!« Es war das typische Gehabe, das passionierten Tierfreunden zu eigen ist.

Vielleicht hätte die Tragödie sich abwenden lassen, wäre George nicht eines Tages zu einem Ausflug in die Greensand Hills aufgebrochen. Hier, im Clandon Down, wo Zwerg-Eichen, weiße Birken und schwarze Tannen sich über die nördliche Hügelkette erstreckten, war ein versteckter Tummelplatz für selten gewordene, meist unsichtbare Wesen, die im Unterholz lauerten. Aber, wie viele vor ihm, ahnte George nichts davon. Er stapfte fröhlich den Hang hinauf und genoß die frische Luft, die absolute Stille und seine Jugend.

Ein Geheul, das ihn an einen Hund erinnerte, ließ ihn stehenbleiben und lauschen, woher dieses Geräusch kam.

Später erinnerte er sich daran, daß ihm keine der in Legende und Aberglauben überlieferten Vorzeichen aufgefallen waren. Es war Nachmittag, und soviel George erkennen konnte, schien kein Vollmond. Goldene Sonnenstrahlen fielen durch die Baumkronen, und es herrschte ringsum eine warme, friedliche Atmosphäre mit einem Hauch von Moder.

Die Umgebung war so alltäglich, und er ein ganz normaler junger Mann – nicht besonders intelligent, aber mit guter Gesundheit und einem anziehenden, jungenhaften Aussehen gesegnet, angelsächsischem Charme, hellem Teint und blondem Haar.

Abermals zerriß das langgezogene Geheul die Luft. Es war der kehlige Schrei eines Hundes in Not.

Irgendwo zu Georges Linken zwischen oder hinter einem Vorhang aus Schößlingen und Gebüsch mußte sich das unglückliche Geschöpf befinden. Furchtlos verließ George den ausgetretenen Pfad und stolperte in das gedämpfte Zwielicht, das den ganzen Sommer über unter dem Laubdach herrschte, immer das Bild eines in einem Fangeisen sitzenden Tieres vor Augen. Mitleid beschleunigte seine Schritte und ließ ihn die stinkenden Schößlinge, die gegen Gesicht und Hände schlugen, die Dornen, die Hose und Knöchel zerkratzten, vergessen. Wieder erscholl das Geheul, nun etwas weiter rechts, und wäre George nicht so gewesen, wie er nun einmal war, hätte er dem darauf folgenden Knurren mehr Beachtung geschenkt.

Nachdem er eine Weile in verschiedenen Richtungen gesucht hatte, gönnte er sich eine Rast unter einer großen Eiche auf einer kleinen Lichtung. Zum erstenmal verspürte er Furcht in der beginnenden Dämmerung. Sich in einem englischen Forstgebiet zu verlaufen, erschien nahezu unmöglich. Aber hier beschlich ihn das Gefühl, daß jeden Moment die Schatten der Nacht, die bei Tage in den Wäldern versteckt waren, über ihn herfallen und ihn ersticken könnten.

Er verließ seinen Platz unter der Eiche und wanderte dorthin zurück, von wo er vermutete gekommen zu sein, als das tiefe Knurren wieder ganz in seiner Nähe ertönte. Georges Mitleid verflog wie ein Blatt im Wind. Entsetzen befiel ihn, eine blinde, unvernünftige Panik. Der Verstand hatte einem animalischen Überlebensinstinkt Platz gemacht. George ahnte, daß es ihn bald haben würde, was immer es auch sein mochte.

Kurz darauf war es an seiner Seite, schnüffelnd, winselnd und knurrend. Und dann schrie George. Ein brennender Schmerz durchfuhr seinen rechte Oberschenkel. Er stürzte. Seine Qualen verwandelten sich in eine scharlachrote Flamme, bis gnädige Dunkelheit ihn einhüllte.

Eine Stunde oder mehr verging, bis George das Bewußtsein wiedererlangte. Still lag er da und wunderte sich darüber, im dichten Unterholz mit einem schmerzenden rechten Bein zu liegen. Dann streckte die Erinnerung ihre ersten Fühler aus, und er wagte, sich umzusehen.

Der Morgen graute, die Schatten der Nacht zogen sich zurück. Aber er war durchaus in der Lage, den toten Mann ein paar Schritt entfernt zu erkennen. Vergeblich versuchte er, den Anblick des violetten Gesichts mit den hervorquellenden Augen zu verdrängen, indem er einfach die seinen schloß. Aber der schreckliche Anblick war in sein Hirn gebrannt, und die Erinnerung schien noch makabrer als die Wirklichkeit. Wieder öffnete er seine Augen, und da war er: ein Mann in mittleren Jahren, mit kurzgeschnittenen grauen Haaren, einem langen Schnurrbart und gelben Zähnen, die in einem tödlichen Lächeln entblößt waren. Die Gesichtsfarbe ließ auf einen Herzanfall schließen.

Die nächsten Stunden glichen einem Alptraum. George schlug sich durchs Unterholz und fand mit viel Glück einen der Waldwege.

Eine Gruppe Pfadfinder entdeckte ihn am nächsten Morgen.

Die Polizei und eine Schar begeisterter Freiwilliger durchkämmten die Wälder, fanden aber keine Spur von einer grausamen wilden Bestie. Aber sie entdeckten den toten Mann, der als ein, für seine Eigenbrödelei bekannter Farmarbeiter identifiziert wurde. Die Autopsie ergab, daß er einer Herz-Attacke erlegen war. Man nahm an, daß er sich bei seinem Versuch, dem verletzten jungen Mann zu helfen, zu sehr aufgeregt hatte. Die ganze Geschichte geriet nach ein paar Tagen in Vergessenheit.

*

Mrs. Hardcastle rühmte sich, eine Mutter zu sein, die mit einer Krankheit resolut fertig wurde. Nach drei Wochen war George wieder auf den Beinen. Seine Mutter ermunterte ihn zu ausgedehnten Spaziergängen, die er als gehorsamer Sohn auch unternahm. So landete er an einem regnerischen Tag in der königlichen Residenz von Hampton Court. Nachdem er die Himmelbetten in den Gemächern bewundert hatte, kam er in den Audienz-Salon der Königin. Er wurde müde und setzte sich auf ein Sofa. Von dort konnte er den langen Korridor mit den vielen Türen beobachten.

Plötzlich erregte ein Mädchen in dunkler Kleidung seine Aufmerksamkeit, das über den Flurläufer schritt. Eine Schönheit in Schwarz-Weiß. Nicht, daß etwas Unheimliches von ihr ausgegangen wäre. Eine unglaubliche Trauer lag in ihren großen, dunklen Augen und der schüchternen Art, mit der sie in jeden Saal schaute. Ihre Erscheinung war ungewöhnlich. Als ob eine Schwarz-Weiß-Fotografie plötzlich zum Leben erwacht wäre.

Sie betrat den Audienz-Salon der Königin, und er hörte das leichte Tapsen ihrer Füße, das Knistern ihres Kleides. Sie wanderte durch den Raum und betrachtete die Bilder mit großem Ernst. Dann, als habe sie ein Laut aufgeschreckt, blieb sie stehen. Ihre wunderschönen Augen wanderten direkt zu George.

Ihr gehetzter Ausdruck verwandelte sich in eine sich steigernde Verwunderung. Für einen Augenblick kam George der Gedanke, sie würde ihn irgendwoher kennen, aber er wußte nicht woher. Mit einem kleinen Lächeln glitt sie neben ihn und ließ sich am anderen Ende des Sofas nieder. Immer noch ruhte ihr verschleierter, verwunderter Blick auf ihm.

Sie sagte: »Hallo, ich heiße Carola.«

Einen so deutlichen Annäherungsversuch hatte bislang kein Mädchen George gegenüber gewagt, und Schüchternheit, ganz zu schweigen vom Schock der Überraschung, raubte ihm die Sprache. Carola schien sich ihrer Sache sehr sicher und setzte gleich nach:

»Was ist los? Hatt's dir die Sprache verschlagen?«

Diese unverschämte Herausforderung half ihm, seine Schüchternheit zu vergessen und nach einer passenden Antwort zu suchen.

»Ich rede, wann ich will.«

»Das gefällt mir schon besser. Ich habe den Wink sofort verstanden. Wir haben einiges gemeinsam, nicht wahr?«

Diese Frage genügte, um seine Gesprächsbereitschaft einzufrieren, aber er war immer noch in der Lage ein Wort zu hauchen: »Gemeinsam?«

»Jawohl.« Sie nickte bekräftigend, und ihre Haare schimmerten dabei wie schwarze Seide im Sonnenschein. »Wir müssen im innersten miteinander verwandt sein, im übertragenen Sinne. Aber sprechen wir nicht darüber. Ich bin so froh, bei Tag spazierengehen zu können. Nachts ist es so öde, und außerdem bin ich dann nicht ich selbst.«

George gelangte zu der Überzeugung, daß dieses Geschöpf, so bezaubernd es auch war, nicht ganz richtig im Kopf sein konnte. Weltmännisch ging er darüber hinweg und behielt seine Gedanken für sich.

»Ist das Wetter nicht scheußlich?«

Sie runzelte pikiert die Stirn, und er gewann den Eindruck, daß er etwas Geschmackloses gesagt hatte.

»Sei nicht albern. Das Wetter ist herrlich. Jede Menge wundervoller Wolken.«

Er beschloß, dies als Spaß aufzufassen. Es gab keine andere Erklärung. George fiel ein anderer Witz ein.

»Ja, aber bald wird die scheußliche Sonne herauskommen.«

Sie wich zurück, als habe er sie geschlagen, und Tränen traten in ihre Augen.

»Du Untier! Wie kannst du nur so etwas Fürchterliches erwähnen? Es kommt keine Sonne. Im Wetterbericht habe ich es gehört. Ich dachte, du seist nett, aber alles, was du kannst, ist mich erschrecken.«

Und sie betupfte ihre Augen mit einem schwarzen Spitzentaschentuch, während George einen Ausweg aus diesem geistigen Labyrinth suchte, wo jedes Wort doppeldeutig war.

»Es tut mir leid, aber ich wollte nicht . . .«

Carola schniefte leise. »Wie gefiele es dir denn, wenn ich . . . Silberkugeln . . . sagte?«

Er kratzte sich am Kopf, runzelte die Brauen und schnitt dann eine schiefe Grimasse.

»Ich wüßte nicht, was das soll, aber es würde mir nichts ausmachen.«

Sie verstaute ihr Spitzentaschentuch in einer kleinen Handtasche, erhob sich und verließ rasch den Saal. George sah der sich entfernenden Gestalt nach, bis sie um eine Ecke in Richtung Galerie verschwand. Er murmelte: »Unwichtig. Ganz und gar unwichtig.«

Nach längerem Nachdenken bedauerte er ihr unberechenbares Benehmen, denn er hätte sie gern näher kennengelernt. Er stellte sich ihr schwarzes Haar und das weiße Gesicht vor und fühlte sich unglücklich, als habe er gerade etwas sehr Wertvolles verloren. Nur mühsam konnte er den Impuls unterdrücken, hinter ihr herzurennen. Er stand auf und setzte sich auf eine Fensterbank, schaute in den Garten hinaus und sah, daß der Regen nachgelassen hatte. Aber immer noch jagten dicke Wolkenbänke über den Himmel. Zärtlich lächelte er und murmelte: »Schöne Wolken – scheußlicher Sonnenschein.«

George war ungefähr bei Anne Boleyns Residenz, als ihm jemand sanft auf die Schulter klopfte. Er drehte sich um und schaute in das weiße Antlitz von Carola, die traurig lächelte.

»Schau«, sagte sie. »Es tut mir leid, daß ich so böse weggegangen bin, aber ich vertrage es nicht, wenn man mich mit solchen Dingen aufzieht, du weißt schon was. Aber du gehörst zu uns, und wir sollten nicht zanken. Erledigt?«

Georg antwortete: »Ich wollte dich nicht verletzen, wirklich nicht.« Und in dem Moment fühlte er sich so glücklich, daß er sich sogar für sein Atmen entschuldigt hätte.

»Gut.« Sie seufzte und hakte sich bei ihm unter, als ob es das Selbstverständlichste von der Welt wäre. »Wir wollen das Ganze vergessen. Aber, bitte, mach nie wieder Witze über solche Sachen.«

»Nein, bestimmt nicht.« George hatte keinen Schimmer einer Ahnung, worüber er nicht witzeln sollte, vermerkte aber insgeheim, daß Silberkugeln und das Wetter dazu gehörten.

»Du mußt unbedingt meine Eltern kennenlernen«, verlangte Carola. »Sie werden sich furchtbar freuen, dich zu sehen. Sie werden ihren Nasen kaum trauen.«

Diese Bemerkung war ein Rückschlag, aber Georges neu entdeckte Seligkeit half ihm, sie zu ignorieren – zu tun, als wäre sie ein Versprecher.

»Das ist wirklich nett von dir, aber kommt das nicht etwas plötzlich? Ich meine, bist du sicher, daß es sich so gehört?«

Sie lachte, hell wie ein feines Silberglöckchen, und sein Glücksgefühl wuchs, falls das überhaupt noch möglich war.

»Du bist ein komischer Junge. Sie werden rosa anlaufen, und das sollen sie auch. Zum erstenmal seit Jahren müssen wir vor unserem Besucher nicht das Wort auf die Waagschale legen.«

George hielt eine innere Konferenz ab und gelangte zu dem Schluß, daß dies ein Kompliment sein sollte. Also meinte er vergnügt: »Mir ist egal, was die Leute reden. Hauptsache, sie sind natürlich.«

Carola hielt das für eine lustige Bemerkung und drückte seinen Arm fester, während sie auf ihre entzückende Art lachte.

»Du hast einen wunderbaren Sinn für Humor. Warte, bis ich das Daddy erzähle. Hauptsache, sie sind natürlich.«

Sie brach wieder in schallendes Gelächter aus, und George stimmte ein, obschon er überhaupt nicht wußte, was er denn so Komisches gesagt hatte. Mit einem entsetzten Stöhnen brach ihr Lachen ab. Carola starrte gen Westen, wo die Wolken aufbrachen. Gepreßt flüsterte sie:

»Die Sonne! Oh, Luzifer, die Sonne kommt heraus!«

»Tatsächlich?« George sah auf und studierte den Himmel mit stärkerem Interesse. »Ich würde mich nicht wundern, wenn du dich täuschst.« Dann schaute er verwirrt auf seine Begleiterin hinab. »Entschuldige, ich glaube, du magst die Sonne nicht.«

Carolas Gesicht war vor Entsetzen verzerrt, sie stieß einen spitzen Schrei aus. Georges Verdacht auf eine Geisteskrankheit kehrte zurück. Aber sie blieb weiterhin unwiderstehlich – eine Perle auf schwarzem Samt. Er legte den Arm um ihre schmalen Schultern, und sie verbarg ihre Augen in seinem Mantel. Ein zitterndes Flüstern drang an sein Ohr:

»Bring mich nach Hause. Rasch!«

Er war beglückt, ihr helfen zu können.

»Es ist keine Spur von Sonnenschein zu sehen. Schau, die Wolkendecke hat sich schon wieder geschlossen.«

Vorsichtig hob sie den Kopf, und ihre großen, tränenüberströmten Augen blickten abermals nach Westen. Dann belohnte sie George mit einem wundervollen, strahlenden Lächeln.

»Oh, wie herrlich! Schöne, schöne, schöne Wolken! Wind ist aufgekommen Ein großer, fetter Wind-Gott, der riesige Nebelballons herbeipustet, damit uns der Sonnen-Dämon nichts tun kann. Er flüstert uns beruhigend zu, daß die eisige Nacht der Einsamkeit ein Ende haben wird, wenn wir nur daran glauben.«

George war nach diesem Ausbruch leicht verstört, aber Liebe und Mitleid, die er bislang den Hunden geschenkt hatte, flossen jetzt mit noch stärkerer Kraft dem schönen, doch leider etwas verrückten jungen Mädchen zu.

»Komm, ich bringe dich nach Hause.«

George zog ein geschmiedetes Eisentörchen auf und ließ Carola auf dem buntgepflasterten Weg den Vortritt, der zu einem frischgestrichenen Haus mit sauber geputzten Fensterscheiben führte; ein Haus, wie es in jeder beliebigen Straße der Londoner Vororte stehen konnte. Es gab deutlich zu verstehen, daß die Hausfrau auf ihre weißen Gardinen stolz war und der Hausherr mit Farbe und Pinsel umgehen konnte.

Sie hatten kaum den kleinen Windfang erreicht, als auch schon die Haustüre aufsprang und eine plumpe grauhaarige Frau Carola in ihre Arme schloß.

»Hallo, Kleines, ich und dein Daddy haben uns solche Sorgen gemacht. Wir dachten, du wärst in einen Sonnen-Sturm geraten.«

Carola küßte ihre Mutter zärtlich auf eine, wie George registrierte, weiße Wange, und wandte sich dann mit leuchtenden Augen zu ihm.

»Mami, dies . . .«, sie kicherte. »Es ist albern, aber ich weiß deinen Namen nicht.«

»George. George Hardcastle.«

Zu behaupten, daß Carolas Mutter erschrocken aussah, wäre eine ungeheure Untertreibung. Für einen Moment wirkte sie total verstört. Sie umschlang ihre Tochter mit den Armen, als stünde ein menschenfressender Tiger vor ihr. Dann flüsterte Carola ihrer Mutter etwas ins Ohr, und George stellte verwundert fest, wie sich ihr Ausdruck von Ungläubigkeit in aufkeimende Freude verwandelte.

»Ich hätte es wissen müssen.« Sie küßte ihn auf beide Wangen. »Bin zu lange darüber hinweg. Aber was sollen Sie von mir halten? Kommen Sie herein, mein Lieber. Vater wird so erfreut sein. Mit uns zwei Frauen trifft ihn noch mal der Schlag.«

George fielen die seltsamen Redensarten auf, die er für eine familiäre Unart hielt. So verbeugte er sich mit der gebotenen Höflichkeit und betrat die neu ausgestattete Diele, wo er seinen Mantel auszog. Dann öffnete Mammi eine Tür und flüsterte energisch:

»Vater, binde die Krawatte um, wir haben Besuch.« Man hörte einen verdatterten Schnarcher, als ob jemand aus einem Schlaf am Kamin geweckt worden wäre, und Mammi schenkte George ein strahlendes Lächeln.

»Möchten Sie nicht nach oben gehen, sich die Hände waschen? Machen Sie sich's ruhig bequem.«

»Nein, danke. Sehr freundlich, aber wirklich nicht nötig.«

»Nun, dann kommen Sie bitte ins Wohnzimmer.«

Das Wohnzimmer war hübsch tapeziert mit rosa Lampen und einem künstlichen Kaminfeuer ausgestattet. Ein kräftiger Mann mit dünnem grauem Haar stemmte sich vom Sofa hoch, während er eine Krawatte zurechtrückte, die eher auffällig als geschmackvoll war.

»Vater«, Mammi vergewisserte sich mit einem Blick, daß alles aufgeräumt war, »das ist George. Ein junger Mann, den Carola mitgebracht hat.« Verschwörerisch fügte sie hinzu: »Er ist in Ordnung. Keine Sorge.«

Vater kam mit ausgebreiteten Armen auf George zu und begrüßte ihn überschwenglich: »Hallo, ich freue mich, dich kennenzulernen, Junge. Hab' immer gemeint, daß es für die Kleine Zeit wird, sich 'nen jungen Kerl zu suchen. Aber es ist ja nicht so leicht, heutzutage den richtigen zu finden.«

Vaters Hand war unangenehm kalt und weich. Aber er strahlte so viel Wohlwollen aus, daß George darüber hinwegsah.

»Nun beleidigst du aber unsere Tochter, Vater«, tadelte Mammi.

Tatsächlich wirkte das Mädchen verlegen, nur daß ihre Wangen, statt zu erröten, einen Grauschimmer bekamen. »Nun, Junge, steh nicht so rum. Setz dich, fühl dich wie zu Hause. Wir mögen keine Floskeln.«

George wurde neben Vater gesetzt, der ihm immer zuzwinkerte, wenn sich ihre Blicke trafen. Währenddessen war Mammi sehr um sein leibliches Wohl besorgt.

»Hast du schon zu Abend gegessen? Ihr jungen Hunde müßt ja nicht so auf eure Diät achten wir wir. Worauf hast du denn Appetit? Ich kann dir ein feines Stück Schinken anbieten und dir schnell ein paar Eier dazu braten.«

Irgendwo in dieser Einladung bemerkte George einen falschen Zungenschlag, aber er fegte seine Bedenken beseite.

»Das ist sehr nett von Ihnen, aber wirklich nicht . . .«

»Laß sie doch ein bißchen brutzeln, Junge«, bat der Hausherr. »Sie hat ja so selten Gelegenheit dazu, wenn ich das mal sagen darf, ohne mir gleich auf die Zunge zu beißend.«

Mammi gab ein seltsam wieherndes Geräusch von sich. – »Nun hör aber auf! Wie wär's, wenn wir jetzt einen guten Tropfen nehmen?«

Mutter und Tochter verschwanden in der Küche, und George blieb mit Vater allein, der ihn unverwandt anstarrte.

»Hast du noch Ferien, Junge?« erkundigte er sich.

»Nein, dafür ist es ein bißchen spät.«

Vater seufzte verklärt, als ob er sich an etwas Schönes erinnerte. »Wir hatten tolle Zeiten in Clagton. Das Wetter war ausgezeichnet. Zwei Wochen dicker Nebel – man konnte nicht die Hand vor Augen sehen.«

George meinte: »Ach, du meine Güte«, dann verfiel er in Schweigen, während er das Gehörte erstmal verdaute. Auf einmal riß ihn ein Stoß in die Rippen aus seinen Gedanken.

»Ich weiß, es ist eine indiskrete Frage, du mußt mir nicht antworten, wenn du nicht willst. Aber – wie oft wechselst du?«

Das war tatsächlich eine delikate Frage, und George konnte sich nur einen sehr undelikaten Grund dafür vorstellen.

»Nun . . . jeden Freitag nach dem Baden.«

Vor Verblüffung holte der Vater tief Luft. »So häufig! Ich bin beeindruckt. Der letzte Junge von deinem Schlag wechselte nur bei Vollmond.«

George stieß hervor: »Um Himmels willen«, und versuchte, der Sache auf den Grund zu gehen. »Warum sollte ich . . .«

Der Vater nickte. »Wir sind etwas pingelig. Aber mach dir nichts draus. Wir merken es. Wir haben den richtigen Riecher.«

Ein elender, um nicht zu sagen, verschüchterter junger Mann wurde wenig später durch die Diele ins Eßzimmer geführt. Dort war auf einem Tisch ein Gedeck mit Messer, Gabel und Löffel aufgelegt worden. Bei den anderen stand je ein Glas mit einem Strohhalm.

George war zu verstört, um diesem merkwürdigen Arrangement besondere Bedeutung beizumessen. Ebensowenig sah er sich in der Lage, den Teller mit Spiegeleiern auf Schinken zu genießen, den Mammi mit der Bemerkung vor ihn hinstellte: »Hier für dich, Junge. Hau tüchtig rein, damit du nicht verhungerst.«

Die Familie teilte sich den Inhalt eines Kruges; ein dickes rotes Zeug, das George für Tomatensaft hielt. Alle saugten es durch ihre Strohhalme: Carola, wie zu erwarten, dezent, Mammi etwas ängstlich, und Vater gierig. Als er sein Glas geleert hatte, hielt er es zum Nachfüllen hin. »Mutter, das ist der köstlichste Saft von AB, den du uns jemals eingeschenkt hast.«

Mammi seufzte. »Er ist nicht übel. Aber die Jugend kriegt heutzutage keine vollwertige Nahrung mehr. Es gibt nichts Besseres, als seine Zähne in ein richtiges Stück zu schlagen. Dieses Zeug hat doch alle natürliche Frische verloren.«

Vater rülpste und machte mit seinem Strohhalm ein widerliches Geräusch.

»Wir müssen dankbar sein, Mutter. Es gibt viele, die nicht mal 'nen Tropfen haben, um sich die Lippen zu befeuchten. Die wären froh, wenn sie aus der Dose schlürfen dürften.«

George konnte seine Neugier nicht länger unterdrücken, und, ehe er darüber nachdenken konnte, entschlüpfte ihm die Frage:

»Entschuldigung. Aber essen Sie jemals etwas?«

Das schockierte Schweigen daraufhin zeigte ihm, daß er eine unverzeihliche Sünde begangen hatte. Vater ließ sein Glas sinken Carola rief vorwurfsvoll: »Oh, George!« Mammi aber runzelte finster ihre Brauen.

»George, hat dir nie jemand Manieren beigebracht?«

Man sah, daß sie eher traurig als verärgert war. Sogleich entschuldigte sich der junge Mann.

»Es tut mir leid, aber . . .«

»Das muß es auch.« Mit fester Stimme fuhr Mammi fort: »Nie hätte ich gedacht, solche Reden an meinem Tisch zu hören. Schließlich würde es dir auch nicht gefallen, wenn ich dich fragte, wen du bei deinen Streifzügen im Mondlicht alles zerfleischst. So, damit habe ich meine Meinung gesagt. Wir wollen die Sache vergessen. Nimm noch etwas Schokoladenpudding, Junge.«

Während sich George noch unter den Vorwürfen duckte, fielen ihm im nachhinein gewisse sprachliche Besonderheiten seiner Gastgeber auf. Als läge hinter vielen Worten ein geheimer Sinn, den er nicht verstand. Auch wuchs sein Groll. Gleichgültig, was er sagte, immer war es der Anlaß zu Unstimmigkeiten, gegen die er mit seinen Entschuldigungen kaum ankam. Er wartete, bis Mammi ihm eine große Portion Pudding gebracht und die drei Gläser nachgefüllt hatte. Dann machte er sich Luft.

»Ich habe niemanden zerfleischt.«

Mammi warf Vater einen vielsagenden Blick zu, und der Hausherr räusperte sich.

»Hör zu, Junge. Es gibt Dinge, über die man in Gegenwart von Damen nicht spricht. Was du in deiner Wechsel-Phase tust, geht nur dich und den Schwarzen Mann etwas an. Also, wechseln wir das Thema.«

Wie alle friedliebenden Menschen kam auch George manchmal an einen Punkt, wo Angriff als einziger Ausweg blieb. Vaters kleine Tirade hatte ihn soweit gebracht. Er warf Messer und Gabel hin und beschwerte sich:

»Schaut, mir langt's! Erwähne ich das Wetter, werde ich heruntergeputzt. Frage ich, ob ihr nie eßt, setze ich mich in die Nesseln. Ich wurde gefragt, wann ich meine Sachen wechsle, und mußte mir vorwerfen lassen, daß ich stinke. Nun, nachdem ich beschuldigt werde, Leute zu zerfleischen, soll ich nicht weiter drüber reden. Ich sag' euch was. Ihr habt alle einen Stich.«

Carola brach in Tränen aus und rannte hinaus. Vater fluchte, und Mammi schaute sehr bekümmert drein.

»Moment mal«, sie hob ihren weißen Zeigefinger, »du willst uns weismachen, du kennst die Regeln nicht?«

»Ich habe nicht die leiseste Idee, wovon Sie reden.«

Mammi und Vater blickten einander an, und dann stöhnten sie gleichzeitig:

»Er ist ein Reinfall.«

»Man müßte es ihm sagen«, entschied Mammi, nachdem sie den inzwischen äußerst furchtsamen George eine Weile gemustert hatte. »Das ist Männersache.«

»Mit etwas Grips, wüßte er, was los ist.« Vor Verlegenheit

wurde Vater ganz grau im Gesicht. »Mein Pa mußte mir nicht beibringen, daß ich ein Vampir bin.«

»Aber wie du siehst, ist er nicht der Hellste«, bemerkte Mammi spitz. »Wir können ja nicht alle so schlau sein wie du. Aber der Kleine hat Herz. Besser das Herz auf dem rechten Fleck als nur Köpfchen. Bist 'n bißchen langsam, was Junge?«

George konnte bloß nicken und starrte sehnsüchtig zur Tür.

»Großes, langes Ding mit 'ner feuchten Schnauze. Ich schätze, du bist 'n Werwolf. Meine Nase trügt mich nicht. Deine Drüsen beginnen zu arbeiten. Ich riech' deine Duftmarke. . . . Wie ist der Mond, Vater?«

»Sieben Achtel.«

Mammi nickte zufrieden. »Ich glaube, dein Wechsel ist Freitagnacht fällig. Hast du freies Gelände bei dir zu Hause?«

»Ja, schon . . .« George holte tief Luft. »Clapham Park ist in der Nähe.«

»Na, ich werd' dann mal dort 'ne Runde drehen und auf dich achten. Es gibt Leute, die spielen verrückt, wenn sie das erste Mal einen anständigen Werwolf sehn.«

George war aufgestanden und wollte zur Haustür. Er wollte das alles nicht glauben. Mammi schien wieder verärgert.

»Nun, mach dir nichts draus. Du mußt doch gewußt haben, daß wir alle Vampire sind. Oder hast du gedacht, wir trinken Himbeersaft? Und glaub' mir, wir sind deine besten Freunde. Niemand wird dich mehr kennen wollen, wenn erst dein erster Vollmond über die Hecke scheint.«

Aber George war schon fort. Er rannte durch die Diele zur Haustür und über den buntgepflasterten Weg zur Straße. Leute drehten sich nach ihm um und meinten: »Die jungen Leute sind verrückt . . . einfach durchgedreht heutzutage.«

*

Als der Mond immer voller wurde, überkam George eine seltsame Unruhe. Schlaflosigkeit machte ihm zu schaffen, und er begann sich nach langen Spaziergängen im Mondlicht zu sehnen. Und als er diesem Verlangen nachgegeben hatte, überkam ihn der Wunsch zu laufen, sich im Gras zu wälzen, herumzutollen, eben alles, was ihm helfen würde, die Schranken menschlicher Zwänge einzureißen. Und er ließ sich gehen. Eine ungekannte Freude überkam ihn, als er herumsprang, sich im Gras rollte und im Park tanzte. Lediglich ein Geheul, das von einem Hund aus dem Wohnviertel zu stammen schien, konnte ihn aus diesem Taumel herausreißen.

Für diese Freude mußte er zahlen. Wenn die ersten Sonnenstrahlen durch die Fensterscheibe drangen, erwachte sein Verstand wieder und verlangte, Bilanz zu ziehen. Mit furchtbaren Ahnungen betrachtete er dann sein Gesicht und die Hände. Soweit er sehen konnte, hatte sich bis jetzt nichts verändert. Aber das waren die ersten Tage – oder waren es Nächte? Manchmal warf er sich aufs Bett und schrie seinen Wunsch, daß alles nicht wahr sein möge, hinaus.

»So was gibt's nicht. Verrückte versuchen, mich irrezumachen.«

Die zunehmende Veränderung in seinem Benehmen konnte nicht verborgen bleiben. Er wurde verschlossen, erschrak bei jedem Geräusch und rief bei Fremden ein gewisses Mißtrauen hervor, indem er sie mit unheimlich geweiteten Augen anstarrte und seine Zähne zu einem freudlosen Lächeln entblößte. Die Reaktion seiner Mutter auf diese Eigenheiten war deutlich.

»Ich glaube, du gehst langsam zu weit. Wirklich, Sohn. Gestern erzählte mir der Milchmann, daß du Mrs. Redferns Hund angeknurrt hast.«

»Er hat mich angesprungen«, erklärte George. »Du hättest genauso gehandelt.«

Mrs. Hardcastle schüttelte den Kopf. »Nein, ich kann ehrlich behaupten, nie in meinem Leben einen Hund angeknurrt zu haben. Niemals hast du das von mir geerbt.«

»Ich bin in Ordnung«, versicherte George hastig. »Ich verändere mich nicht zu – irgendwas.«

»Du mußt das wissen.«

George wurde das Gefühl nicht los, daß seine Mutter ihn mit rein akademischem Interesse betrachtete. »Gehst du nachts noch aus, wenn ich zu Bett gegangen bin?« bohrte sie weiter.

Eine überzeugende Lüge fiel ihm nicht ein. So stellte er eine Gegenfrage. »Warum sollte ich?«

»Frag mich nicht. Aber irgendein Irrer ist beobachtet worden, als er um drei Uhr morgens im Park herumtollte. Ich hätte es nur gerne gewußt.«

Die körperliche Veränderung kam langsam. Eines Nachts wachte er mit großen Schmerzen in der rechten Hand auf und lag eine Weile still, während er nicht wagte, sie genauer anzusehen. Dann drehte er mit der Linken das Licht an und zog nach längerem Zögern seine Rechte unter der Bettdecke hervor. Dichter Flaum war auf seinem Handrücken gewachsen, und seine Finger ließen sich nicht strecken. Sie waren gekrümmt, und die Nägel schienen stärker und länger als früher. Nach einer Weile verschwand die Furcht – der Ekel –, und er fand es nur natürlich, Krallen zu haben.

Am nächsten Morgen war seine Rechte wieder normal, und in jener Zeit war er noch in der Lage, diese Episode als einen bösen Traum zu verdrängen.

Aber eines Nachts hatte er einen Alptraum schlimmster Sorte. Phantasie überschnitt sich mit Realität, und George konnte beide nicht mehr voneinander trennen. Er lief über die Wiese im Park, seine langen Beine graziös zu weiten Sprüngen streckend, und sein Herz wurde von einer wundersamen Freude erfaßt, während grenzenlose Freiheit ihn erfüllte. Er befand sich in einer schwarz-weißen Welt. Schwarzes Gras, weiß getünchte Bäume, grauer Himmel, weißer Mond. Aber trotz all der Freude und Freiheit war ein unterschwelliges, allgegenwärtiges Wissen in ihm, daß diese Erfahrung nicht natürlich war, daß er sie aus seinen Gedanken vertreiben mußte. In seinem Hirn schrie es: »Wach auf!« Aber er war wach, denn fühlte er nicht das schwarze Gras unter seinen Füßen, und strich nicht der Nachtwind durch sein Fell? Vor ihm flüchtete eine große Katze – den Baum hinauf, über die Dächer, durch die Büsche. Endlich erwischte er sie in einer Höhle. Maunzende Schreie, scharfe Krallen, warmes Blut, reißende Zähne. Es war gut. Es war die Erfüllung.

Am nächsten Morgen hätte er es als bösen Traum beiseite wischen können, wären da nicht die Kratzer in Gesicht und Händen und das Blut in seinem Haar gewesen. Er dachte an Psychiater, Heilanstalt, Priester und Religion. Dann faßte er einen Entschluß. Es gab auf Erden nur eine Gruppe von Leuten, die ihm alles erklären und ihn verstehen konnte.

*

Mammi ließ George herein. Vater schüttelte ihm kräftig die Hand. Carola küßte ihn zärtlich und legte ihren Arm um seine Schultern, als er zu weinen begann.

»Wir haben nicht darum gebeten, so zu sein«, flüsterte sie. »Wir müssen selbst mehr leiden, als andere durch uns zu erleiden haben.«

»Wir haben alle unsern Platz auf dem großen Friedhof«, tröstete Vater. »Wir jagen, wir saugen, Ghuls reißen, Schufties schlecken, Mocks blasen, und glücklicherweise können nur Schuftmocks pfeifen.«

»Werde ich immer sein – was ich bin?« fragte George.

Alle nickten. Mammi grimmig, Vater wissend, Carola traurig.

»Bis der Mond vom Himmel fällt.«

»Oder dich streckt eine Silberkugel nieder«, flüsterte Carola, »die einer abgefeuert hat, der nie gesündigt hat, außer vielleicht in seinen Gedanken. Oder, wenn du sehr, sehr alt bist, versagt dein Herz nach einer Umwandlung.«

»Sei nicht makaber«, befahl Mammi. »Der arme Junge macht genug durch, da mußt du's ihm nicht noch schwerer machen. »Bring ihm lieber eine gute Tasse Tee. Und wenn du dabei bist, mix uns doch einen starken Saft. Und nicht zuviel von der Null-Gruppe.«

Sie saßen um den künstlichen Kamin herum, mit dem Tee und dem guten Stoff. Drei erteilten Ratschläge, der andere nahm sie an. George fühlte sich recht behaglich.

»Alle M's sollten sich von Kirchen, Pfarrern und Pfadfindern fernhalten.« Dieser Rat kam von Vater.

»Meide das Kreuz und flieh vor dem Priester«, zitierte Mammi.

»Zwei können besser rennen als einer«, warf Carola schüchtern ein.

Am nächsten Tag teilte George seiner Mutter mit, daß er ausziehen werde, um ein eigenes Heim zu gründen. Mrs. Hardcastle sträubte sich nicht so heftig dagegen, wie sie es noch vor einigen Wochen getan hätte. Nach den rätselhaften Ereignissen der letzten Zeit hatte sie das bestimmte Gefühl, daß der George, der so finster und bleichgesichtig in der Küchentür stand, nicht der Junge war, den sie zur Welt gebracht hatte. Sie sagte: »Nun dann. Ich meine, es wird Zeit«, und half beim Packen.

Vater, der jemanden aus dem Baugeschäft kannte, fand ein Vierzimmer-Häuschen am Rande eines Kirchhofs, das sie mit ausrangierten Möbeln von der Verwandtschaft einrichteten. Das Ergebnis war ein ebenso elegantes oder oberflächliches Heim wie das seiner Schwiegereltern, aber es war eine Zuflucht, wenn George von seinen Mitternachtsausflügen nach Hause kam.

Er stellte fest, daß die alten Legenden übertrieben, denn er verspürte keinen Zwang, etwas zu zerreißen oder zu beißen. Warum sollte er auch. Er war wohlgenährt, und im Reich der Tiere jagte man nur aus Hunger. Es reichte ihm, zu laufen, zu springen und im Mondlicht seinem Schwanz nachzujagen. Gelegentlich stieß er ein langgezogenes Geheul aus vor lauter Lebensfreude. Und es war wundervoll, wie diese Freude von Tag zu Tag wuchs.

Aus naheliegenden Gründen fand die Hochzeit nur standesamtlich statt, und es schien, als wären die Götter der Dämmerung mit ihnen, denn es herrschte dichter Nebel. Die Feier war schlicht. Für jene, die essen konnten, gab es eine Hochzeitstorte: dreistöckig mit rosa Zuckerguß und, wie George hoffte, echten glasierten Kirschen. Sie hatten natürlich über den engsten Familienkreis hinaus niemanden eingeladen, denn ein Außenstehender wäre vielleicht doch verunsichert worden.

Da waren drei Ghule in gestärkten weißen Leichentüchern, die an etwas nagten, was hier lieber unerwähnt bleiben soll. Die Braut und ihre Eltern schlürften ein Getränk aus roten Sektgläsern. Und als der Brautvater gebeten wurde, das Salz zu reichen, knurrte er. Dann war da noch Onkel Deitmark, ein Vampir alter

Schule, der ein echtes Opfer verlangte, dem er seine Nahrung frisch vom Nacken weg saugen konnte.

Endlich kam der Moment, an dem das Brautpaar sich zurückziehen durfte. Mammi und Vater weinten, als die traditionellen Sargnägel gestreut wurden.

»Es war Spitze«, lobte Vater, als er sich die Augen wischte. »Der beste Blut-Rausch, den ich seit langem erlebt habe.«

»Ich wollte den Kindern einen guten Start geben«, meinte Mammi. »Jetzt müssen sie ihre eigenen Venen anzapfen, wie man so sagt.«

Carola und George sahen Hand in Hand den Mond über der Kirche aufgehen, was etwas riskant war, denn er verstärkte den Schein des Kreuzes. Doch in dieser Nacht hätten sie es auch mit dem Papst in Rom aufgenommen.

»Wir sind nicht länger einsam«, flüsterte Carola. »Wir lieben und werden geliebt, und das hat uns aus Monstern in Götter verwandelt.«

»Wenn Glück ein baufälliges Häuschen in ein Paradies verwandeln kann«, antwortete George und ließ seine Finger durch ihr Haar gleiten, »dann sind wir wohl Götter.«

Aber er vergaß, daß jedes Paradies seine Schlange hat, und die ihre erschien in der rundlichen Gestalt von Reverend John Cole. Der Kirchenmann hatte eine gute Nase für den Geruch des Bösen, und es dauerte nicht lange, bis er über die Bewohner des Häuschens beim Kirchof zu grübeln begann.

Als George nicht daheim war, besuchte er Carola und lud sie zu einer Frauengruppe ein, die sich um den Altarschmuck kümmerte. Sie lief grau an und bat, sie zu entschuldigen. Daraufhin schlug er den Bibelkreis vor, und Carola zuckte bei diesem Gedanken zurück, wie ein Kaninchen beim Anblick einer Kobra. Als er sein Kruzifix auf ihren Schoß fallen ließ, stieß sie einen furchtbaren Schmerzenslaut aus und sank ohnmächtig auf den Boden. Und der heilige Diener verließ ihr Haus mit der Befriedigung des Sadisten, der angeblich nur seine Pflicht getan hat.

Am folgenden Tag traf George den Reverend, der zum Totenbett einer sündigen Frau eilte, und legte ihm nicht gerade zart seine Hand auf die Schulter.

»Ich hörte, sie haben meine Frau erschreckt, als ich nicht da war.«

Der Kirchenmann entblößte seine Zähne, und obwohl George die ihm bei seiner Geburt verliehene Gestalt hatte, glichen sie doch zwei Hunden, die miteinander raufen wollten.

»Ich frage mich«, bohrte Reverend Cole, »was das für eine Frau sein muß, die vor der Bibel zurückschreckt und schreit, wenn das Kreuz sie berührt.«

»Nun, das ist so«, George verstärkte den Druck seiner Finger. »Wir beide sind allergisch gegen Bibeln, Kreuze und neugierige Pfaffen. Ich bin imstande, die erstere zu verbrennen, das zweite zu zerbrechen und das dritte in Stücke zu reißen. Habe ich mich klar ausgedrückt?«

»Und ich habe meine Pflicht gegenüber Gott und der Menschheit«, antwortete Reverend Cole, »und die verlangt von mir, alles Böse auszurotten, wo immer es auftaucht. Und, möchte ich hinzufügen, mit jedem Mittel, das sich anbietet.«

Sie trennten sich in tiefem Haß. In seiner Naivität beschloß George, Furcht als Waffe einzusetzen, wobei er nicht bedachte daß ihre Wunden oft nur den Widerstandsgeist stärken, statt ihn zu brechen.

Eines Nachts bei Vollmond, der Friedhof schien sich in ein gothisches Wunderland verwandelt zu haben, hatte der Reverend eine Begegnung, die ihm für nahezu zwölf Stunden die Sprache raubte. Die Gestalt ging auf krummen Hinterläufen, hatte zwei lange Arme, deren Krallen nach der kirchlichen Kehle zu dürsten schienen, und ein schauriges Gesicht, dessen Hauptmerkmal eine lange, geifernde Schnauze war.

Zur selben Zeit versuchte Mrs. Cole, eine furchtsame Dame, die noch nichts von der schützenden Kraft zweier Holzstückchen wußte, krampfhaft, nicht zu schreien, als eine weißgesichtige junge Frau durch das Schlafzimmer auf sie zukam. Die unterschiedlichen Reaktionen der Eheleute waren typisch für ihre Charaktere. Der Reverend rannte so lange, bis er sich mit einem Kreuz in der Hand hinter der Kirchentür verbarrikadiert hatte. Mrs. Cole, die keinen Schrei über die Lippen brachte, fiel in Ohnmacht und erlitt Schlimmeres als ihr flinker Gatte. John Cole war nach seinem Lauf ein bißchen außer Atem. Mary Cole war beim Erwachen ein bißchen blutarm.

Mr. Cole war ein unberechenbarer Mann, der mit seinen Predigten den Gemeindemitgliedern ganz schön einheizte, wie man so sagt, doch sie nahmen das auf sich. Die Tirade, die am Sonntag nach Mrs. Coles Blutverlust und Mr. Coles Panik über die Gemeinde erging, weckte drei schlummernde Kirchgänger auf und war schuld, daß ein Chorjunge seinen Kaugummi verschluckte.

»Der Teufel hat seine Gesandten mitten unter uns«, verkündete der Prediger von der Kanzel. »Ja, sie haben ihre Behausung im Bezirk der Gemeinde und erscheinen uns Gottesfürchtigen in ihrer bestialischen Gestalt.«

Der seines Kaugummis beraubte Junge kicherte, und Mr. Coles Predigt bekam einen vorwurfsvollen Unterton.

»Lache nicht. Ich sage dir, Kleingläubiger, lache nicht. Wenn ich ihnen nicht von Angesicht zu Angesicht begegnet wäre, oh, aber nur einen Steinwurf von deinem Sitz entfernt lauert der Furchtbare mit sabbernder Schnauze. Er ist da und läßt mir das Blut in den Adern gefrieren. Ich habe ihn gesehen, der nicht seinesgleichen hat in Satans Gefolgschaft – den einen –, den einzigen –, den schwarzen Engel der Hölle –, den fürchterlichen Werwolf.«

Zu guter Letzt glaubten zehn Personen der Gemeinde, daß ihr Prediger am Rande des Wahnsinns wäre. Zwanzig weitere verstanden nicht, worüber er sprach, und eine alte Dame war überzeugt, eine hervorragende Interpretation der Verkündigung, Kapitel XII, Vers 1 bis 3 zu hören. Der Rest hatte gar nicht aufgepaßt, sondern registrierte nur, daß der Vikar gut in Fahrt war.

»Meine liebe Gefährtin – meine Stütze seit mehr als zwanzig Jahren – wurde in ihrem Gemach von einer Frau aufgesucht, die zur Gattung . . .« Mr. Cole nickte verbittert. »Ein Vampir, ein unkeusches Ding, das aus seiner Gruft gekrochen ist und meiner Frau raubte, was sie zum Leben braucht . . .«

Ignoranz, Unaufmerksamkeit. Mr. Coles Worte fielen auf einen steinernen Acker, und keiner glaubte ihm. Guter Willi Mitcham. Willi glaubte an Vampire, Werwölfe und akzeptierte die

Existenz von Dämonen, Totenfeen, Poltergeistern und was es sonst noch an Monstern gab. Da Willi erst zwölf war, steigerte er sich in seinen Glauben hinein und hatte sich zu einem Experten der Dämonologie entwickelt. Zur heimlichen Ergötzung seines Vaters und zum offensichtlichen Entsetzen seiner Mutter war sein ganzes Bücherregal mit einschlägiger Literatur vollgestopft. Zum Beispiel wußte er, daß die einzige Möglichkeit, sich einer Totenfee zu entledigen, darin bestand, dreimal in ein offenes Grab zu spucken, sich dreimal vor dem Mond zu verbeugen und dann laut zu singen:

Geh zum Norden, geh zum Süden,
Geh zum Teufel, gebrauch keine Lügen,
Schrei nicht bei Tag, heul nicht bei Nacht,
Aber spotte, wenn dir das Kerzenlicht lacht.

Auch wußte er, die Tatsachen waren schließlich gedruckt und von Fernsehen und Kino eingehend dargestellt worden, daß die einzige Möglichkeit, einen Vampir umzubringen, darin bestand, einen zugespitzten Gegenstand zwischen Sonnenuntergang und Sonnenaufgang durch sein Herz zu bohren.

Er konnte sich auch an der Wirkung von Silberkugeln in der pelzigen Brust eines Werwolfs begeistern. Deshalb war es allein Willi, der dem Reverend mit Begeisterung und Verständnis lauschte. Oh, wie gerne hätte er die Beschwörungen, die Art und Weise der Rituale in all ihrer herrlichen Vielfalt herausgeschrien. Aber seine Mutter stieß ihn in die Seite und ermahnte ihn, nicht so herumzuzappeln. So blieb er also sitzen und kochte vor Ungeduld.

*

An einem strahlenden Morgen Anfang März bekam das kleine Häuschen am Friedhof einen neuen Bewohner. Die Sonne blinzelte durch die Vorhänge der Fenster und blickte aufmerksam auf, wie wir hoffen wollen, den ersten Baby-Wervamp. Er war wie alle Neugeborenen – klein, verschrumpelt, furchtbar häßlich und glich eher seiner Mutter, weil er zwei gewaltige Eckzähne aufwies. Statt zu schreien, gab er einen rauhen, zischenden Ton von sich, der gut zu einem Kobra-Baby gepaßt hätte, und war bereits fähig, alles Bewegliche zu beißen.

»Ist er nicht süß?« Carola seufzte und winkte ihrem Sprößling zu, der prompt die Oberlippe zurückzog und leise knurrte. »Ja, du bist Muttis süßer, kleiner Schnackelbum.«

»Ich glaube, er wird unglaublich schlau«, stellte George nach einer Weile fest. »Bei dieser breiten Stirn und den dunklen Augen muß er einfach sehr intelligent sein. Er hat deinen Mund, Liebste.«

»Noch nicht«, erwiderte Carola, »aber bald wird er so aussehen, da mach' ich mir keine Sorgen. Ich glaube, er befindet sich in seiner Humvamp-Phase, aber bei Vollmond wird er süße, kleine, behaarte Krallen haben und ein winziges Winke-Schwänzchen.«

Die kommenden Ereignisse gaben ihr völlig recht.

Reverend John Cole ließ mehrere Wochen verstreichen, ehe er den jungen Eltern einen offiziellen Besuch abstattete. Während dieser Zeit gewann er neuen Mut, suchte Rat bei seinen Vorgesetzten, die nicht immer hilfreich waren, und versuchte jeden von der Bedrohung mitten unter ihnen zu überzeugen. Seine Gemeinde schrumpfte. Kam er in Sicht, wechselten die Leute auf die andere Straßenseite. Und ein kümmerlicher kleiner Junge belästigte ihn andauernd mit seinen ekelhaften Informationen.

Aber schließlich war der Prediger zu der Begegnung bereit, und mit einem Kruzifix und einer Flasche Whisky bewaffnet zog er in die Schlacht. Von seinem Schlafzimmerfenster aus konnte Willi Mitcham beobachten, wie die schwarze Gestalt die Straße entlang wanderte. Er riß das Fenster auf und brüllte: »Sie dummer Narr. Wir haben Vollmond!«

Niemand reagierte auf Mr. Coles stürmisches Pochen an der Haustür. Das war kein Wunder, da Carola Mrs. Cole einen weiteren Besuch abstattete und George ein verstörtes Schaf durchs Moor hetzte. Baby hatte noch nicht das Alter erreicht, in dem man zur Tür gehen kann. So öffnete der Kirchenmann sie selbst, nachdem er sich mehrmals heftig bekreuzigt hatte, und trat ein.

Er befand sich im Wohnzimmer, einem behaglichen Plätzchen mit weißgetünchten Wänden, zwei altmodischen Sesseln, einem Klapptisch und ein paar sehr hübschen Brücken auf dem Fußboden. Im Kamin war Holz gestapelt, und an der Decke hing eine alte Öllampe, die George geschickt für den elektrischen Anschluß umgerüstet hatte. Mr. Cole rief: »Ist hier jemand?« Als darauf keine Antwort erfolgte, ließ er sich in einen der Sessel fallen und schlief alsbald in der gemütlich warmen Stube ein.

Mr. Cole war gegen seinen Willen eingenickt, und während er schlief, entfaltete er ein gewisses Maß an Würde. Aber er erwachte mit einem Schrei und begann, recht würdelos um sich zu schlagen. Er fühlte einen bohrenden Schmerz in seinem rechten Fußgelenk, und als er ihn wegziehen wollte, kullerte etwas Weiches, Schweres über seinen rechten Fuß und stieß ein zischendes Geräusch aus. Der Pfarrer kreischte und trat mit aller Kraft nach dem Ding, das sich an seinen Knöchel klammerte, und es flog durch das Zimmer und landete unsanft auf einem Teppich am Fenster. Zischend und jaulend rappelte sich das kleine Ding auf und begann von neuem, auf den Kirchenmann zuzukrabbeln. Der Geschwächte wollte die Augen schließen, aber sie starrten weit geöffnet auf das unbekannte Etwas, das man mit einer gehörigen Portion Humor als Baby bezeichnen konnte.

Ein winziges, weißes Gesichtchen – so schrecklich weiß – mit zwei kleinen Reißzähnen, die über die Unterlippe reichten. Der Rest war ziemlich haarig, hatte zarte Krallen und ein stolz aufgerichtetes Schwänzchen, das in diesem Moment verärgert hin und her wedelte. Mit seinen kleinen Hinterläufen konnte es erstaunlich schnell vorwärts springen. Um seinen Mund klebte eine Spur von Mr. Coles Blut. Seine Augen blickten auf den Kirchenmann, als habe dieser den köstlichsten Saft, den es je gekostet hatte, und als wolle es sich diese Nahrungsquelle nicht entgehen lassen.

Mr. Cole stieß drei langgezogene Schreie aus, dann besann er sich auf Sinn und Zweck seiner Beine und stürzte zur Tür. Es war schon ehrfurchteinflößend, den gewichtigen Kirchenmann, der nicht mehr der Jüngste war, zwischen Gräbern laufen und über

Grabsteine springen zu sehen. Baby-Wervamp hockte indessen mit dem sehnsüchtigsten Gesichtsausdruck auf seinen Hinterpfoten und sah dem flüchtenden Kleriker nach. Sein Kummer war begreiflich. Hatte es doch ein wohlgefülltes Fläschchen soeben zur Tür hinaus laufen sehen.

*

Willi Mitchum hatte sein Ziel erreicht. Einem der dummen, blinden, engstirnigen Erwachsenen war endlich ein Licht aufgegangen. Als Willi den Reverend fand, der in einem Dornbusch hängengeblieben war, stieß er an ihm auf einen Mann, der bereit war, jeden Rat anzunehmen. Sein seelisches Gleichgewicht hatte gelitten, und er war bereit, sich jeder Anordnung zu beugen.

»Ich hab' ihn gesehen.« Willi war in diesem Augenblick der glücklichste Junge der Welt. »Ich sah ihn mit seinen schrecklichen Beißern, wie er zum Moor hetzte.«

»Ah«, machte Mr. Cole und begann, seine Finger zu zählen.

»Hab' sie auch gesehen, wie sie zu Ihrem Haus huschte und durchs Schlafzimmerfenster stieg. Wie im Film *Das Mal des Vampirs*.«

»Zerstöret das Böse«, sprach der Reverend. »Packt es bei den Wurzeln. Zerschlagt . . .«

»Sein Herz«, hauchte Willi. »Einen Vampir tötet man mit einem Pfahl, der ihm durch das Herz gebohrt wird. Und den Werwolf erledigt man mit einer Silberkugel, die von IHM, der über die Sünde richtet, abgefeuert werden muß.«

»Von welcher Authorität beziehst du deine Informationen?«

»Meine Horror-Comics. Sie geben mir alle Beschreibungen, und hätten Sie ›*Den Vampir von Ackney Wick*‹ gesehen, wo der Pfaffe dem Vampir den Kopf abschlägt und ihm 'ne Knoblauchzehe in den Mund steckt . . .« Willi lächelte überlegen.

»Wo befinden sich diese Unterlagen?« erkundigt sich der Kleriker.

Mr. und Mrs. Mitchum staunten nicht schlecht, als ihr kleiner Junge den Pfarrer durch die Küchentür zerrte und nach einer kurzen Begrüßung erklärte: »Alles klar, Mutsch, der Pfarrer will meine Horror-Comics sehen.« Dann führte er den frostig dreinschauenden Kirchenmann die Stiege zur Mansarde hinauf.

Dort oben bildete sich der Reverend weiter. Aus Sprechblasen und grellen Bildern erfuhr er alles über die Gewohnheiten von Vampiren, Werwölfen und anderen atmenden oder nicht atmenden Geschöpfen, die alle die gleiche Ausbildung hatten.

»Wie machen wir es . . .?«

»Ein Zeltpflock und Muttis Kohlenhammer wären prima.«

»Aber die Silberkugeln . . .«, der Pfarrer schüttelte den Kopf.

»Zwei von Großvaters silbernen Kragenknöpfen mit einem Lötkolben zusammengeschmolzen und in einer Patrone aus Pas 22-Gewehr drin. Mr. Cole, bitte, sagen Sie, daß wir's tun. Ich verspreche, nie wieder die Sonntagsschule zu schwänzen, wenn Sie es tun.«

Reverend Cole überlegte nicht lange. Der Biß eines Baby-Wervamps vergrößert die Entschlußfreudigkeit ungemein.

»Ja«, nickte er, »wir sind auserwählt. Laßt uns unsere Lenden gürten, die Seelen für den Kampf stärken und ausziehen, das Böse zu zerstören.«

»Hui!« Willi war ganz aufgeregt. »Das viele Blut. Kann ich ihr den Kopf abschneiden?«

Falls irgend jemand am nächsten Morgen um zwei frische Luft geschnappt hätte, wäre er Zeuge eines seltsamen Geschehens geworden. Ein hochgewachsener Geistlicher kroch mit einem Kruzifix und einem Kohlenhammer bewaffnet über den Kirchhof. Ihm folgte ein kleiner Junge mit einem Zeltpflock in der einen und einem Jagdgewehr in der anderen Hand.

Sie erreichten das Haus, und nachdem er angeklopft hatte, öffnete der Pfarrer die Haustüre, das Kruzifix vor sich haltend. Das Zimmer war warm und gemütlich, im Kamin züngelten die Flammen, und eine Messinglampe funkelte wie ein ausgedienter Stern. Es war wie ein behagliches Nest inmitten der Finsternis. Wie ein Racheengel stürmte John Cole in den Raum und rief, das Kruzifix hochhaltend: »Ich bin gekommen, das Übel zu vertreiben und die Sünde auszubrennen. Denn, also spricht der Herr, verdammt seist du, der du nach der Finsternis dürstest.«

Ein Seufzen, ein Wimmern – mag sein ein zischendes Wimmern – kam aus der Ecke, wo Carola zusammengekauert saß. Ihr Gesicht war weißer als der Schnee im Mondlicht, ihre Augen waren zwei dunkle Teiche des Entsetzens, und ihre Lippen waren von einem so tiefen Rot, als hätten Millionen blutiger Küsse sie zum Leben erweckt. Ihre Hände flatterten wie zwei weiße Geister. Aber gegen die Mauern der Intoleranz waren sie machtlos. Der Pfarrer senkte sein Kreuz, und das Wimmern schwoll zu einem Verzweiflungsschrei an.

»Warum?«

»Wo ist das widerliche Baby, das mich in den Knöchel gebissen hat?«

Carolas Augen ließen das über ihr schwebende Kruzifix nicht los.

»Ich brachte ihn . . . brachte ihn . . . zu seiner Großmutter.«

»Es gibt noch mehr von eurer Sorte? Seid ihr ein Vortrupp? Hat der Teufel euch ausgebrütet?«

»Wir sind im Begriff auszusterben.«

Die Seele des Reverend hüpfte vor Freude, als er das nackte Entsetzen in den schönen Augen sah, und er genoß die Früchte wahren Glücks, als sie aufschrie. Mit zitternden Fingern packte er sie vorne am Kleid, zerrte sie hoch und warf sie dann auf den Tisch. Sie gab einen zischenden Laut von sich. Instinktiv entblößte sie für einen Moment höhnisch ihre elfenbeinfarbenen Eckzähne und schnappte nach der Hand des Klerikers, aber das war alles. Es gab keinen wütenden Kampf ums Überleben, keine finsteren Götter wurden angerufen. Nur ein schwacher Widerstand, ein bißchen Blutvergießen, dann ergab sie sich. Sie legte sich zurück, ihre schwarzen Haare berührten den Fußboden. Es schien, als wäre dies die einzige Lösung, die man ihr schon viel zu lange verwehrt hatte. Der Pfarrer setzte den Zelt-Pflock über ihrem Herzen an, nahm vom überglücklichen Willi den Kohlenhammer entgegen und sprach die überlieferten Worte.

»Fahre zur Hölle. Schmore dort auf ewig und für einen Tag. Mögen Schakale deine Überreste fressen und streunende Hunde dein Blut trinken.«

Der erste Schlag bohrte den Zeltpflock einige Zentimeter tief in den Körper, und als das Krachen einer Rippe an sein Ohr drang, wandte der Geistliche angewidert seinen Kopf zur Seite. Dann, als fürchtete er, schwach zu werden, schlug er nochmals kräftig zu, und eine rote Blut-Fontäne spritzte hoch. Eine Kaskade roter Rubine spritzte durchs Zimmer, von denen jeder den warmen Lampenschein und den Mann mit dem erhobenen Kohlenhammer widerspiegelte. Wieder fiel der Hammer, wie der Arm des Schicksals, und der rote Quell sank in sich zusammen. Carola hauchte ihr Leben mit einem langgezogenen Seufzer aus und lag dann da, eine leblose Studie in Schwarz-Weiß.

»Sie müssen den Kopf abschneiden!« schrie Willi. Nichts ist in Ordnung, wenn Sie ihr nicht den Kopf abschlagen und ihr 'ne Knoblauchzehe ins Maul stecken.«

Aber Mr. Cole hatte genug von dem Blut. Es klebte in seinen Haaren und seinen Augen, lag süß auf seinen Lippen, durchtränkte seine Kleider und verwandelte seine Hände in rote Klauen.

Willi fummelte in seiner Jackentasche.

»Ich hab' hier irgendwo Muttis Brotmesser. Das müßte eigentlich reichen.«

Der Reverend wischte sich den roten Film von den Augen und winkte mit dem Zeigefinger.

»Wahrlich, es steht geschrieben, ein Kind soll euch führen. Verstünde ich mehr vom Geschäft Gottes, hätte ich einen Fuchsschwanz mitgenommen.«

Er war erst halbwegs mit seiner Aufgabe fertig, als die Tür aufflog und George hereinstürmte. Er war mitten im Wechsel von oder zu »Etwas«. Seine Gestalt hob sich gegen das Mondlicht ab. Er wurde ruhig. Eine schwarze Bedrohung, die nicht mehr so gefährlich schien, als sie bewegungslos dastand. Dann lief er durch den Raum um den Tisch herum, und der Reverend wich vor ihm zurück.

George starrte auf die Überreste der Geliebten und hob den gequälten Blick.

»Wir liebten einander – sie und ich. Sicherlich wurde uns dadurch vieles vergeben. Wir hätten den Tod begrüßt – denn was ist der Tod anderes als eine Belohnung nach diesem aufgezwungenen Leben. Aber das . . .«

Er zeigte auf den herausragenden Zeltpflock, den halb abgeschnittenen Kopf und sah den Geistlichen fragend an. Daraufhin nahm der Reverend sein Kreuz, hielt es vor sich und rief mit einer Stimme, die der Staub von Jahrhunderten, rauh gemacht hatte:

»Ich bin Alpha und Omega, spricht der Herr, und du sollst verbannt werden in die Finsternis, die außerhalb aller Zeit ist. Denn du und deinesgleichen, ihr seid ein verdorbenes Gezücht, und was immer euch Böses geschieht, ist gut in meiner Sicht.«

George Hardcastles Gesicht glich einem steinernen Bildnis. Dann verschwamm es. Der struppige Pelz erschien, die Augen traten tief in die Höhlen zurück, und er bekam eine lange Schnauze. Der Werwolf ließ den entstellten Leichnam seiner Gefährtin fallen und ging auf ihren Mörder zu.

»Weiche Satan!«

Reverend Cole stieß sein Kreuz wie eine Waffe vorwärts, mit dem Erfolg, daß es ihm entwunden und von haarigen Händen zerbrochen wurde. Dann sprang der Werwolf mit einem gewaltigen Geheul vor und grub seine Fänge in die Schulter des Geistlichen. Die verschlungenen Gestalten, von denen die eine das Gute und die andere das Böse verkörperte, schwankten hin und her. In ihren haßerfüllten Schädeln war kein Platz für einen kleinen Jungen mit einem Gewehr. Das kleine, krachende Geräusch war bei dem Schnaufen und Knurren kaum zu hören, aber das Ergebnis wurde schnell ersichtlich.

Der Werwolf schrie auf, ehe er herumfuhr und mit einem dumpfen Vorwurf den vorwitzigen Willi anstarrte. Dann fiel er um. Als der Reverend sich genug erholt hatte, um auf den Fußboden zu schauen, blickte er in das Gesicht des toten George Hardcastle. Wie der Geistliche so vor seinen Opfern stand, hätte man durchaus Zweifel an seiner geistigen Gesundheit haben können, soweit man nicht über die näheren Umstände informiert war.

»Schneiden Sie ihr nun endlich den Kopf ab?« drängte Willi.

*

Sie brachten den Reverend in ein ruhiges Haus inmitten eines zauberhaften Gartens. Willi Mitchum wurde in ein Heim gesteckt, weil sie meinten, daß er sorgfältiger betreut werden müßte. Die Überreste von George und Carola wurden im Kirchhof bestattet, und man sprach ein paar schöne Worte an ihren Gräbern.

Es war schade, daß sie nicht auf Willi gehört hatten, denn eines abends bei Vollmond öffneten zwei Angestellte des Hauses mit dem hübschen Garten die Tür, hinter der das, was von John Cole übriggeblieben war, hauste, um mit dem Ex-Geistlichen zu reden. Sie kamen nicht dazu. Der eine fiel von Grauen gepackt tot um. Der andere wurde in einem Grad wahnsinnig, den noch keiner seiner Patienten erreicht hatte.

Reverend John Cole war von einem Baby-Wervamp gebissen, von einem weiblichen Vampir angesaugt und von einem alten, leidenschaftlichen Werwolf zerfleischt worden.

Nur der gütige Herr im Himmel und der böse in der Tiefe wußten, was aus ihm geworden war.

Erstes Zwischenspiel

Ein langes, gedankenverlorenes Schweigen folgte Manfreds Erzählung. Donald konnte nur staunen, daß sich solche außergewöhnlichen Schicksale hinter den nichtssagenden Fassaden des banalen Alltags verbergen konnten. Tatsächlich hätte er an ihrem Wahrheitsgehalt gezweifelt, wäre da nicht die furchteinflößende Erscheinung des Wervamps gewesen, der sich gerade mit einem schwarzen Taschentuch über die Augen wischte.

»Ich sagte ja, daß es eine traurige Geschichte ist«, stellte Eramus mit grimmiger Genugtuung fest. »Und sie wird noch niederschmetternder, weil sie wahr ist. Wenn die Leute wüßten, was sich vor ihren Augen abspielt, würde wohl keiner mehr das Licht ausmachen.«

Dem mußte Donald zustimmen und schwor, sich von nun an von Wäldern und einsamen Plätzen fernzuhalten. Eramus grinste, und sogar der Wervamp gestattete sich ein bleiches Lächeln.

»Ehrlich, Mann glauben Sie, im Gedränge wären Sie sicher? Ist Ihnen noch nie aufgefallen, daß bestimmt vier Monster in jedem vollen Bus stecken?«

»Ich kann nicht glauben . . .«, begann Donald, aber Eramus nickte bedächtig, als wäre er entschlossen, ein düsteres Geheimnis preiszugeben.

»Genau vier in jedem vollen Bus. Und die U-Bahn! Halt dich fest! Zur Rush-hour sind die Züge vollgestopft damit. So wie da zwischen fünf und sieben gebissen, geschluckt und gesaugt wird, ist es ein Wunder, daß jeder in einem Stück ankommt.«

Donald erschauerte und hauchte leise, daß dies dann ein weiterer Ort wäre, den er in Zukunft meiden würde. Der Wervamp bemerkte seine Unruhe und versuchte, ihn etwas aufzumuntern.

»Lassen Sie sich nicht von dem, was Sie hier hören, ins Bockshorn jagen. Die Luft ist voller gefährlicher Bazillen, die sie als selbstverständlich hinnehmen. Und bedenken Sie, wir verbergen unsere besonderen Talente. Wenn Sie mir in meinem vermenschlichten Zustand als Humvamp begegneten, würden Sie nur einen Mann mit einem sehr bleichen Gesicht vor sich sehen, der etwas gegen den Sonnenschein hat. Diejenigen von uns, die abstoßend wirken, gehen nur in nebligen Nächten aus und tarnen sich mit breitkrempigen Hüten und dunklen Brillen. Vergessen Sie nicht, wir haben Sie mehr zu fürchten als Sie uns.«

»Das mag sein.« Donald versuchte, seinen Standpunkt so taktvoll wie möglich darzulegen. »Aber all dieses Beißen, Saugen und so weiter.«

»Die Spender merken kaum etwas.« Eramus schmunzelte selbstgefällig. »Eine leichte Schwäche, ein paar Tage Bettruhe, und alles ist vergessen. Manchmal berichten die Zeitungen von einer harmlosen Grippewelle. Das ist alles.«

»Aber was ist mit denen, die . . .«

»In unsere Reihen aufgenommen werden?« Eramus grinste und rieb sich fröhlich die Hände. »Dann zieht der Wiederbelebungs-Trupp los. Pickt sie auf und bringt sie in Gang.«

»Mich hat man 'rausgeholt«, ließ sich plötzlich eine Stimme vernehmen.

Ein kleiner Mann mit einem blassen, von spitzen Ohren eingerahmten Gesicht und einem Paar weißer Hörner, die aus einem wirren Haarschopf herausragten, hatte sich unbemerkt zu ihnen an den Tisch gesetzt und starrte Donald drohend an. Doch dessen unerschütterliche Liebenswürdigkeit brachte auch für diese Monströsität nur Mitleid auf.

»Das muß gräßlich für Sie gewesen sein.«

»Nein, das war es nicht.« Der düstere Mann schüttelte heftig den Kopf. »Das Beste, was mir je passiert ist. Ich hab' nie wirklich gelebt, bis man mich beerdigt und wieder ausgegraben hat. Sie sollten es auch probieren. Wenn Sie eine wirklich aufregende Geschichte hören wollen, will ich Ihnen meine erzählen. Traurig ist sie auch.«

»Nein, bloß nicht«, jammerte Eramus. »Nicht schon wieder. Wir haben alle unsere Probleme, alter Junge, aber damit fallen wir unseren Mit-Monstern nicht auf den Wecker. Außerdem habe ich deine Story mindestens ein dutzendmal gehört.«

»Und ich bestimmt schon zwei dutzendmal«, setzte der Wervamp scharf hinzu. »Gib endlich Ruhe.«

»Aber euer Gast kennt sie noch nicht«, trumpfte der kleine Mann auf. »Ich bin sicher, sie interessiert ihn.«

Ein erwartungsvolles Schweigen folgte, und Donald erkannte, daß er eine Entscheidung treffen mußte.

»Ich würde Ihre Geschichte liebend gern hören«, behauptete er, mehr aus Höflichkeit als der Wahrheit entsprechend.

»Fabelhaft!« Der kleine Mann lächelte und schaute fragend in die Runde. »Meint ihr . . .?«

Eramus seufzte und winkte dem Kellner. »Zwei Null-Bs und zwei Bloody Mary.«

»Ich bin ein Mock«, bekannte der kleine Mann, nachdem die Erfrischungen serviert worden waren.

Donald sagte: »Wie nett«. Aber er mußte sich gehörig zusammennehmen. Er lächelte und versuchte, wissend auszusehen. Der kleine Mann schien für einen Moment seinen Gedanken nachzuhängen, dann seufzte er.

»Mutter hätte es mir sagen müssen. Ich war achtzehn, als ich es herausfand.«

»Zum Teufel, mach schon!« drängte Eramus. »Wir haben nicht die ganze Nacht Zeit. Und mach's kurz.«

Der kleine Mann warf ihm einen gehässigen Blick zu. Aber nachdem er sein Glas geleert hatte, begann er mit der Geschichte vom . . .

Der Mock

»Warum willst du mich nicht heiraten?« fragte ich.

Sheila war blond, schön und eine Intellektuelle. Sie hielt es für das beste, immer die Wahrheit zu sagen, der Blick durch rosarote Brillen war für sie Augenwischerei. Ihr Wahlspruch war: »Ich bin zu hart, um freundlich zu sein.«

»Willst du das wirklich wissen?«

»Ja«, antwortete ich.

»Nun denn. Du bist so häßlich.«

»Oh!« machte ich.

»Ich glaube, du bist viel zu intelligent, um der Wahrheit auszuweichen. Bitte, unterbrich mich, wenn ich deine Gefühle verletze.«

»Bitte, sprich weiter.«

»Nun, der Ausdruck häßlich trifft es nicht ganz. Manche häßlichen Männer sind äußerst attraktiv. Du bist von einer abstoßenden Häßlichkeit.«

Ich machte wieder »Oh«. Was hätte ich auch sagen sollen? Sheila blickte mich besorgt an.

»Bitte, versteh doch. Ich möchte nicht unfreundlich sein. Ich sage dir das zu deinem Besten. Wenn du weiterhin Mädchen nachstellst, die – ich muß so deutlich werden – so hübsch sind wie ich, wirst du nur enttäuscht werden. Es könnte einigen am nötigen Takt fehlen.«

»Ich bin dir sehr . . . dankbar.«

»Ich weiß nicht, was dich so abstoßend macht. Vielleicht liegt es an deinen Ohren. Du mußt zugeben, sie sind riesig. Erinnern mich irgendwie an Jumbo, den Elefanten. Dann hast du so ein scheußliches weißes, fast wabberndes Gesicht. Ich habe damals nichts gesagt, als du mich unterm Mistelzweig geküßt hast – du entsinnst dich, letzte Weihnachten. Im Badezimmer wurde mir schlecht. Auch ist deine Berührung so kalt und feucht . . . Was ist? Du wirst doch nicht albern werden?«

Aber wie ein verwundetes Tier lief ich davon. Ich brauchte eine Zuflucht. Ich mußte mich verkriechen, eine Höhle suchen. Ich ging nach Hause.

»Mutter«, fragte ich, »warum?«

»Was meinst du mit – warum?« Sie arbeitete an einer Stickerei. So wie einst die jungen viktorianischen Damen es taten, die ihre Werke später rahmten. Sie war erst zur Hälfte fertig, aber der ganze Text war mit einem roten Stift vorgezeichnet. Er lautete:

Ich bin schlecht zu mancher Zeit,
doch böse zu jeder Zeit.
Aber ich heuchle Gutes einen Teil der Zeit
und Freundlichkeit zu jeder Zeit.
Aber ich muß weder gut noch freundlich sein
zu irgendeiner Zeit.

»Du mußt dir wirklich abgewöhnen, immer zu fragen.« Sie fädelte rotes Wollgarn in eine große Nadel. »Fragen verlangen Antworten, und die sind meistens so, daß wir sie nicht mögen.«

»Aber Mutter, warum bin ich so häßlich? So sehr häßlich?«

Sie zerbiß den Faden mit ihren kräftigen weißen Zähnen und lächelte dann.

»Du bist so, wie deine Ahnen es erwarten ließen. Es ist möglich, daß jemand wie sie dich recht hübsch fänden.«

»Wer sind sie?«

»Jene, die im Mondlicht tanzen, bei Nacht heulen und die Unschuld bei Kerzenschein schänden.«

»Du sprichst in Rätseln«, warf ich ein.

»Das ist die einzig gute Art zu reden«, antwortete sie.

Wir saßen beisammen und beobachteten das funkensprühende Feuer im alten Eiskamin. Ich wagte, die verbotene Frage zu stellen. »Wer war mein Vater?«

Mutter stickte das »ö« in »böse« zu Ende, ehe sie antwortete.

»Ein weiser Mann weiß weder wer noch was sein Vater war – oder ist.«

»Du willst es mir also nicht sagen?«

Sie blickte zur Kaminuhr hinauf und lächelte wieder.

»Es ist Zeit für den Tee. Geh und setz den Kessel auf.«

*

Solange ich mich erinnern kann, hatten wir nie Besuch. Keiner meiner Freunde – wenn man sie so nennen darf – wurde eingeladen. Unser Haus war düster. Es lag inmitten eines ungepflegten Gartens, und seine Fenster glichen den Augen eines Toten. Ihre schwarzen Scheiben blickten leer und öde. Das Tageslicht schien das Hausinnere zu meiden, und es herrschte eine bedrohliche, dumpfe, eisige Atmosphäre darin, die sich mit zunehmender Dunkelheit noch verstärkte. Mutter weigerte sich, elektrische Leitungen legen zu lassen. Eine Petroleum-Lampe spendete künstliches Licht. Die gespenstischen Lichtkringel malten geheimnisvolle Muster auf Wände und Zimmerdecke. Es war seltsam, wie dort ein gewisses Gesicht Gestalt annehmen konnte.

Ich kann nicht älter als fünf gewesen sein, als ich das bärtige Gesicht eines Mannes im Spiegel des Schminktisches entdeckte. Ich denke, ich war zu jung, um mich zu ängstigen. Als ich aus dem Bett kletterte und auf den Spiegel zulief, war ich lediglich aufgeregt vor lauter Neugierde. Schwarze Locken bedeckten das Antlitz und ließen nur die Partie um die Augen frei, die blau, klein und schimmernd waren. Eines schloß und öffnete sich zu einem obszönen Blinzeln. Ein Loch wurde in dem Gestrüpp sichtbar, und ein zahnloser Gaumen entblößte sich zu einem scheußlichen Grinsen. Dann verschwand das Gesicht, und ich stieg wieder ins Bett und vergaß das Erlebnis für lange Zeit.

Ich war ungefähr zehn, als ich dasselbe Gesicht im Badewasser flimmern sah. Als ich den Fuß ins Wasser setzte, dehnte sich die Fratze aus und erreichte die Länge der gesamten Wanne, wobei ihr Grinsen zu einem langen, ovalen Spalt wurde. Ich bekam Angst und lief fort zu Mutter. Sie lächelte nur und meinte: »Warum sollte man dich beobachten. Hast du etwas zu verbergen?«

Auf diese Frage gab es keine befriedigende Antwort. Zukünftig behielt ich es für mich, wann immer ich das Gesicht sah, ob in der Fensterscheibe, im Spiegel, auf vom Mond beschienenen Wänden oder als Gebilde aus Nebel, der durchs Zimmer wallte. Es wurde ein Teil meiner Jugend, und ich hatte oft den Verdacht, es beobachte mich von Plätzen aus, an die ich nie gedacht hätte. Ich erinnere mich, es einmal in einem Eimer Wasser gesehen zu haben.

Es war eine überraschende Feststellung für mich, daß außer mir niemand Gesichter im Bad oder im Spiegel sah, denn ich hielt diese Erscheinungen für normal. Einmal gab ich dem inneren Drang nach, mich einem Menschen anzuvertrauen. Ich erzählte einem Schulkameraden von der Sache, woraufhin er mich mit einem Ausdruck anstarrte, der zwischen Furcht und Erstaunen schwankte.

»Du bist blöde«, stellte er fest. »Häßlich wie die Sünde und blöde.«

Ich kämpfte gegen die Isolation an, die mich von der Umwelt abschnitt, indem ich den Stimmungswechsel ignorierte, den ich auslöste, kaum daß ich zu einer Gruppe Menschen ins Zimmer trat. Ich besaß sogar den Mut, mich zu verlieben. Was dabei herausgekommen ist, habe ich bereits erzählt. Von da ab beschäftigte ich mich in geradezu krankhafter Weise mit meinem Äußeren.

Ein rundes Gesicht, das so weiß war wie Schweineschmalz. Ein Paar riesiger, rot-geäderter Ohren, die aussahen, als wollten sie ständig herunterklappen. Blaue Schweinsäuglein und eine platte Nase, dazu ein scheußlich fliehendes Kinn und weiße, spitze Zähne. Ansonsten war ich dünn und mickrig, so als könnte mich ein starker Windstoß jeden Moment umpusten. Und die Hände waren so winzig – wie kleine, weiße Klauen. Mein schwarzes Haar wollte nie glatt liegen oder länger wachsen. Es stand widerspenstig von meinem schmalen Schädel ab, der dadurch wie eine billige Scheuerbürste wirkte. Nach eingehender Betrachtung mußte ich zugeben, daß ich einen wahrhaft unappetitlichen Anblick bot.

Wieder wandte ich mich an meine Mutter.

»Mutter, Sheila Benson hat völlig recht. Ich bin abstoßend häßlich.«

Sie hatte die vierte Zeile ihrer Stickerei vervollständigt.

»Laß erstmal deine Hörner durchkommen.« Sie kicherte.

»Hörner?«

»Hörner, sagte ich, und Hörner meinte ich. Zwei kleine, weiße Hörner. Du wirst sie verstecken müssen. Die Leute reagieren so unvernünftig auf alles Ungewohnte.«

»Mutter, du machst bloß Spaß.«

»Ich scherze nie über das Lächerliche. Warum solltest du dich an ein paar Hörnern stoßen? Stiere haben welche, Widder und Ziegen auch. Nicht zu vergessen, die betrogenen Ehemänner. Du mußt nicht so empfindlich sein.«

»Mutter, was bin ich?«

»Ein Mock.«

»Ein Mock? Mutter – was ist ein Mock?«

»Ein höfliches Wort für Bastard.«

»Mutter, das verstehe ich nicht. Bitte, erkläre es mir.«

Sie beendete den Buchstaben »e« in »Zeit« und biß dann den Faden ab.

»Es ist Zeit für den Tee. Geh und setze den Kessel auf.«

*

Eine Woche später wuchsen zwei Beulen an meinen Schläfen, und dank der Vorwarnung meiner Mutter wußte ich, was ich zu erwarten hatte. Es war so ähnlich, als würde einem ein Weisheitszahn gezogen. Die Beulen wölbten sich immer höher, was sehr schmerzhaft war, und ich bekam leichtes Fieber. Mutter bereitete mir einen schwarzen Trank und strich einen Brei aus Brotteig auf meine entzündeten Höcker, wobei sie mich besorgt anlächelte.

»Das ist bloß Horn-Fieber. Also absolut kein Grund zur Panik.«

»Aber Mutter, ich will keine Hörner!«

»Quatsch. Du wirst sie recht nützlich finden, um Löcher in Milchdosen zu stoßen.«

Zwei Tage später kamen zwei knöcherne, weiße Spitzen schüchtern durch die zerfetzte Haut. Als ich sie im Badezimmer-Spiegel begutachtete, gelangte ich zu der Überzeugung, daß sie mein Aussehen nicht gerade verbesserten.

»Das Schlimmste ist vorbei.« Mutter tat ihr Bestes, um mich zu trösten, obwohl sie das Ganze ziemlich gelassen aufnahm. »Sie werden ungefähr eine Länge von acht Zentimetern erreichen. Du hast wirklich Glück. Sie scheinen hübsch und gesund zu sein, so daß du keinen Ärger damit haben wirst. Ich kann mich daran erinnern, daß einer deiner Vettern mehrere Füllungen bekommen mußte.«

Das war das erste Mal, daß sie meine Verwandtschaft erwähnte. Eifrig griff ich dieses Bröckchen Information auf.

»Wenn ich einen Vetter habe, muß dieser das Kind eines Onkels sein.«

Mutter nickte seufzend. »Das ist eine logische Schlußfolgerung.«

»War dieser Onkel dein Bruder oder der meines Vaters?«

»Ich glaube, wir können unbesorgt sagen, er war der Sohn seines Vaters und der Neffe seines Onkels.«

»Mutter, warum willst du mir nichts sagen?«

Sie hatte inzwischen ihre Stickerei fast beendet. Nur das »e« und »n« in »irgendeiner« war lediglich mit Rotstift gezeichnet.

»Weil die Zeit noch nicht reif ist. Stoß dir erstmal die Hörner ab. Dein Vater wird seine Pflicht erfüllen und dir die Geheimnisse des Lebens erklären.«

»Mein Vater! Aber . . .«

»Keine weiteren Fragen. Wenn du noch länger quengelst, lauf' ich nach oben und setz' den Kessel auf.«

*

Meine Hörner wuchsen rasch. Weiß, schimmernd und spitz standen sie wie zwei deplazierte Stoßzähne von meinem Kopf ab. Mutter lehrte mich, meine Haare geschickt um sie herumzukämmen. Dadurch glich ich einem Mann, der rückwärts durch eine Hecke gekrochen ist und seinen Kamm verloren hat. In den folgenden Tagen entdeckte ich bei meiner Mutter eine gewisse Aufmerksamkeit mir gegenüber, die mir früher so schmerzlich gefehlt hatte. Einmal küßte sie meine Hörner und murmelte: »Mein Böckchen wird erwachsen. Er sollte stolz sein.«

Ich nahm an, daß mit »er« mein mir bislang unbekannter Vater gemeint war. Als die Nächte länger wurden, und der Frost seine kalten Bilder auf die Fensterscheiben malte, schien Mutter jünger zu werden. Sie wirkte wie ein junges Mädchen, das seinen Liebhaber erwartet. Eines Tages Ende November rief sie mich in ihr Zimmer und übergab mir ein Blatt Papier.

»Da du jetzt alt genug bist, möchte ich, daß du die Besorgungen erledigst. Echte Besorgungen. Keine Lebensmittel und all den Kram, sondern die wirklich wichtigen Dinge.«

Ich antwortete: »Jawohl, Mutter. Danke für das Vertrauen.« Vergeblich versuchte ich, das Gekritzel auf dem Zettel zu entziffern, das so unleserlich war wie ein ärztliches Rezept. Mutter wünschte, daß ich das Blatt zusammengefaltet in die Brusttasche steckte.

»Nun paß genau auf«, mahnte sie. »Ich möchte, daß du die Schubkarre aus dem Wagenschuppen holst und in die Stadt schiebst. Geh am Kirchhof vorbei, nimmt die erste Abbiegung auf der linken Seite und klopfte an die erste Tür rechts. Du kannst sie nicht verfehlen. Sie ist rot angestrichen. Alles klar?«

Ich nickte, und Mutter tätschelte meine Hörner.

»Gut. Ein kleiner Mann wird an die Tür kommen, und du mußt ihm mit deutlicher Stimme sagen: ›Morgen ist meines Vaters Auferstehungstag‹, und ihm diese Liste übergeben. Er wird sich um alles Notwendige kümmern.«

Ich war ziemlich außer Atem, als ich das Haus mit der roten Tür erreichte, denn die Schubkarre war sehr schwer, und hinter dem Kirchhof hatte ich einen steilen Hügel erklimmen müssen.

Der kleine Mann, der die Tür öffnete, war genauso häßlich wie ich. Gut, seine Ohren waren nicht so riesig, aber dafür war seine Nase ungewöhnlich geformt und seine Zunge für seinen Mund viel zu lang. Deshalb spuckte er beim Sprechen.

»Wasch soll dasch? Ich kaufe nischts.«

Die Anweisungen meiner Mutter befolgend sprach ich laut und klar:

»Morgen ist meines Vaters Auferstehungstag.«

Seine kleinen Augen verengten sich und starrten mich mit einem Ausdruck wachsender Verwunderung an. Dann schüttelte er den Kopf und heuchelte Ungläubigkeit. »Ein Mock! So wahr isch lebe! Dann ischt dein Vati ein Shaddy?«

Ich antwortete: »Bitte, Sir, ich weiß nicht, wovon Sie reden. Mutter sagte mir, daß morgen Vaters Auferstehungstag ist, und ich Ihnen diese Liste geben soll.«

Der kleine Mann nahm das Blatt, faltete es auseinander und las das Geschriebene mit sichtlicher Befriedigung.

»Ekschperte«, schnaubte er. »Dasch war ein Ekschperte. Lauf nach hinten, und ich werde dir die Waren herauschgeben.«

Ich brauchte eine Weile, um die Karre zu beladen. Meine Fracht bestand aus sechs großen versiegelten Behältern, zwei Plastiksäcken, zwei langen, schmalen Kästen, in denen etwas klapperte, und einer Büchse mit der Aufschrift *Gerinnungsmittel.* Hinzu kam noch ein langer Holzlöffel. Ich unterzeichnete die Rechnung mit einem roten Kugelschreiber und wurde nach einem Tätscheln meiner Hörner von dem kleinen Mann auf den Weg geschickt.

»Scho hübsche Hörner hab' isch schon lange nischt mehr gesehen. Fröhliche Auferstehung!«

Zu Hause erwartete mich meine Mutter schon. Ich mußte alle Sachen im Badezimmer aufstapeln. Mühsam unterdrückte ich die Flut von Fragen, die durch meinen Kopf schwirrten. Zum erstenmal, soweit ich zurückdenken konnte, küßte Mutter mich auf die Wange.

»Morgen«, seufzte sie glücklich. »Morgen ist es soweit.«

Den restlichen Tag arbeiteten wir tüchtig. Wir putzten das Haus, klopften die Teppiche aus, bohnerten den Boden, wischten den Staub vieler Jahre fort und schmückten zum Schluß das Eßzimmer mit grünen Papiergirlanden. Mutter hatte sie aus einem alten Koffer hervorgeholt: lange, grüne, selbstgemachte Girlanden aus schmalen, zusammengeklebten Papierstreifen. Wir hingen sie quer durch den Raum auf und dekorierten auch die Wände damit, so daß unser Haus nach einer Weile richtig lustig aussah – auf eine unheimliche Art.

Dann wurde Mutter ernst und zog mich an der Hand zu einem kleinen Zimmer an der Rückseite des Hauses. Es war mit einem

Tisch, einem Walnuß-Schrank, zwei Sesseln und einer kupfernen Petroleumlampe ausgestattet. Mutter schloß die Tür, geleitete mich zu einem Sessel und öffnete den Schrank mit einem Schlüssel, den sie an ihrer Halskette trug.

»Zünde die Lampe an. Es wird Zeit, daß ich dich mit gewissen Dingen vertraut mache, damit du morgen nicht dumm schaust, wenn ich Auferstehungsvorbereitungen treffe.«

Ich tat wie geheißen, und Mutter breitete eine Pergamentrolle, die sie aus dem Schrank geholt hatte, auf dem Tisch aus. Sie wurde an allen vier Ecken mit Knochen beschwert, die am gleichen Ort wie das Dokument aufbewahrt worden waren. Dann setzte sie sich neben mich und begann zu sprechen:

»Zunächst mußt du verstehen, daß du für die Welt ein Monster bist. Ein kleineres Monster, könnte man sagen. Etwas zusammengemixt, aber doch mit einem Anspruch auf diesen Titel. Um genau zu sein, bist du, wie ich ja schon erzählte, ein Mock. Dein Vater ist ein Shaddy, und ich bin eine Maddy. Kannst du mir folgen?«

»Nein.«

Mutter stöhnte. »Du bist gewiß nicht der Gescheiteste. Studiere jetzt diese alte Tafel, die dein Großvater mütterlicherseits aufgezeichnet hat. Vielleicht geht dir dann ein kleines Licht auf.«

Ich wandte meine Aufmerksamkeit dem Pergament zu, auf dem ein Stammbaum aufgemalt war.

Nachdem ich diese Tafel mit gemischten Gefühlen studiert hatte, sah ich zu meiner Mutter auf und nahm zum erstenmal von ihrem langen weißen Gesicht und der schwarzen Haarfranse, die ihr spitzes Kinn zierte, bewußt Notiz.

»Dann stamme ich von einem Vampir, einem Werwolf und einem Ghul ab?«

»Deine Verbindungen reichen bis zur Spitze«, stimmte Mutter zu. »Natürlich gibt dieser Stammbaum nicht alle Zweige der Spezies Monster wider. Zum Beispiel wird der Batman nicht erwähnt, eine Nebenlinie der Vampire. Oder die Wespenfrauen, der Flucht-Dämon, die Schattenwesen und viele andere. Aber du weißt jetzt wenigstens etwas über deine Herkunft.«

»Aber mein Vater – wo ist er?«

Monster - 1. Generation

Vampir — Werwolf — Ghul

Monster - 2. Generation

Vampir + Werwolf → Wervamp

Werwolf + Ghul → Wergul

Vampir + Ghul → Vamgul

Hybride

Wervamp + Wergul → Shaddy

Wergul + Vamgul → Maddy

Wervamp + Vamgul → Reddy

Shaddy + Maddy oder Reddy → Mock

Mock + mit irgendeinem Mischling → Shadmock

Grundregel: Vampire - saugen; Werwölfe - jagen; Ghule - reißen; Shaddies - schlecken; Mocks - blasen; Shadmocks - pfeifen nur

»Rings um dich herum.« Mutter rollte das Pergament auf. »Ich will es erklären. Diese Kreuzungen haben seltsame Randerscheinungen. Besonders beim männlichen Shaddy. Im Alter von zwanzig Jahren sah er genauso aus wie du. Vielleicht waren seine Ohren etwas länger. Die hatte er von seinem Großvater mütterlicherseits. Aber im House of Commons haben schlimmere Gestalten gesessen. Nach seinem einundzwanzigsten Geburtstag forderten die widersprüchlichen Elemente in seinem Blut ihr Recht. Er wurde dünner, behielt aber seine Größe. Seine Knochen verflüssigten sich, die Zähne fielen ihm aus, sein Fleisch wurde durchsichtig, und er begann zu glibbern, wenn man am Tisch rüttelte. Dann brach er eines Tages im Bad zusammen und flutschte durch den Abfluß. Daraufhin fragte ich unsere Weisen um Rat.«

Mutter wischte eine Träne aus ihrem linken Augenwinkel und fuhr fort:

»Sie sagten mir, daß er für die nächsten achtzehn Jahre nur als Spiegelbild auf dem Wasser oder einem anderen schimmernden Hintergrund zu sehen wäre. Aber am achtzehnten Jahrestag seiner Auflösung würde er wiederauferstehen. Dann sollte ich in dem Bad, wo das Unglück anfing, einen Körper für ihn herrichten. Dadurch könnte er wiederkehren und für weitere einundzwanzig Jahre bei uns bleiben.«

»Diese Behälter und Säcke . . .« Ich sprach den Satz nicht zu Ende.

»Enthalten die wesentlichen Zutaten, um deinen Vater neu zu verkörpern. Nur . . .«

»Nur . . .?«

»Er wird keine Zähne haben. So wird er nur noch schlecken können. Und *wie* er das tun wird!«

Ich schüttelte den Kopf und dachte über die Schwierigkeiten nach, die es mit sich bringt, wenn man nur schlecken kann. Dann fiel mir etwas ein, und ich schauderte.

»Mutter . . .«

»Ja, mein Sohn.«

»Ich bin ein . . . Mock?«

»Das bist du.«

»Nun, es hieß, Mocks blasen.«

Sie küßte mich auf die Stirn. Schon wieder ein ungewohnter Gefühlsausbruch.

»Das kommt noch, mein Sohn. Nach deiner Beisetzung.«

»Beisetzung?«

»Setz den Kessel auf und mach deiner Mutter eine gute Tasse Tee!«

*

Am nächsten Morgen standen wir früh auf, denn Mutter hatte viel zu erledigen und konnte vor Aufregung nicht schlafen. Sie zog ihr bestes schwarzes Kleid an, und ich mußte den fast neuen Cordanzug tragen. Nach einem prüfenden Blick in den Spiegel nahm Mutter mich fest beim Arm, und wir stiegen gemeinsam die Treppe zum Badezimmer hinauf. Dort waren die Kanister und Säcke noch so, wie ich sie aufgestapelt hatte. Nur war das Bad inzwischen gründlich gesäubert worden.

»Zieh das an«, befahl Mutter und hielt mir eine Metzger-Schürze hin. »Du willst dich doch nicht schmutzig machen.«

Ich band die Schürze fest um meine Taille und wartete auf weitere Anweisungen.

»Öffne die Dosen und schütte den Inhalt in die Wanne.«

Ich zog den ersten Deckel hoch und fand in dem Behälter ein rotes Pulver. Fragend blickte ich meine Mutter an.

»Trocken-Blut. Was hast du denn gedacht? Scheuersand etwa?« Nachdem ich alle sechs Blechdosen geleert hatte, war die Wanne bereits halbvoll, und Mutter nickte befriedigt. »Wird 'ne hübsche Mischung geben, vor allem wenn die festen Teile drin sind. Nun gieß noch sechs Kannen Wasser zu dem Blutpulver und rühre es mit dem hölzernen Löffel um.«

Ich gehorchte. Das Resultat war eine prächtige schäumende Flüssigkeit, die ab und zu Blasen warf.

»Der Schaum muß sich erst setzen«, flüsterte Mutter. »Bleib ruhig und du wirst die ersten Anzeichen deines Vaters sehen.«

Wir warteten. Das Blubbern erstarb. Der Schaum verdunstete. Wie ein rotglänzender Onyx lag die dunkelrote, glatte Oberfläche vor uns. Plötzlich kräuselte sie sich leicht, und das Gesicht, das mir so oft erschienen war, leuchtete auf. Es glich einem Spiegelbild, so als schwebe jemand über der Badewanne, und seine Gesichtszüge drückten große Erleichterung aus. Die kleinen Augen leuchteten, der bärtige Mund verzog sich zu einem zahnlosen Grinsen, und ich bildete mir eine gewisse Ähnlichkeit mit meinem abstoßenden Gesicht ein. Meine Mutter summte vergnügt.

»Hallo, mein Schatz.« Sie nickte und lächelte dem sich spiegelnden Kopf zu. »Bald ist's geschafft. Unser Kleiner wird die festen Teile hineinrühren, so daß eine gelungene Mischung entsteht. Dann wirst du auferstehen, und alles wird gut sein. Ja, das wird es.«

Das Lächeln auf dem Gesicht wurde heller, und ein Auge zwinkerte Mutter zu, die sich aufgeregt zu mir umdrehte.

»Schnell, öffne die Säcke. Den größten zuerst.«

Ich riß den ersten Plastik-Sack auf und fand darin rosige und weiße Fleischstückchen.

»Was, was ist denn das?« erkundigte ich mich.

»Stell keine blöden Fragen! Kipp das Zeug in die Wanne und beeil dich. Mein armer Liebling hat lange genug gewartet.«

Ich leerte die beiden Säcke mit Hackfleisch, während Mutter sich an dem Kasten zu schaffen machte, in dem es geklappert hatte. Das schien eine Ansammmlung von Knochen zu sein. Aus dem zweiten Sack kullerte ein Schädel in die Wanne, und ich erschauerte. Mutter knurrte ungeduldig.

»Sei nicht so dumm. Dein Vater muß doch einen Schädel haben. Wirklich, ich habe kein Verständnis für deinen mimosenhaften Magen. Wirf die Haare hinein und beginne dann mit dem Rühren.«

»Haare!«

»Ja, das hier.« Mutter kippte den letzten Sack aus, der ziemlich leicht gewesen war. Heraus fiel eine wirre schwarze Masse von Haaren, die sich auf der glänzenden Oberfläche ausnahm, wie die quellende Füllung eines verrotteten Sofas.

»Fang an zu rühren.« Mutter drängte zur Eile. »Leg dich ins Zeug. Dein Vater wird schon ungeduldig.«

Tatsächlich schien sich das Zerrbild eines Gesichts unter all den Haaren und Einzelteilen zu einem Ausdruck größter Gereiztheit zu verziehen. Ich langte nach dem großen Holzlöffel und legte meine ganze Kraft hinein, als ich die Mischung durcheinandermengte. Die breiige Masse nahm allmählich eine unheimliche Gestalt an. Das Gesicht dehnte, verbreiterte und drehte sich, und möglicherweise würde eine Mißgeburt herauskommen, die nach allen Seiten auseinanderfloß.

»Nun kommt das Gerinnungsmittel.« Mutter öffnete die kleine Büchse. »Laß den Löffel stecken und geh beiseite. Jetzt kommt der schwierigste Teil.«

Das Gemisch war inzwischen schon so steif, daß der Löffel darin stehenblieb. Mir fehlte der Mut, hinabzuschauen und zu sehen, welche Gestalt es angenommen hatte. Mutter hielt die geöffnete Dose hoch über der Wanne, schloß die Augen, und begann folgende Worte zu singen:

Erhebe dich, mein lieber Shaddy,
Denn dein Sohn braucht einen Daddy,
Nimmt das Warten denn kein Ende?
Mammi zittern schon die Hände.
Und sie sagt den alten Spruch.
Shaddies schlürfen, Reddies sabbern,
Shadmocks pfeifen, und Mocks blasen,
Blut und Fleisch mit Knochen bestückt,
ergeben einen Körper, gut zusammengeflickt.
Steh nun auf, begrüß deine Maddy,
Sei ein guter, braver Shaddy.

Sie goß den Inhalt der Dose in die Wanne. Die unmittelbare Wirkung war umwerfend. Das Gebräu schäumte, zitterte, kochte und gab ein brodelndes Geräusch von sich, wobei ein stinkender schwarzer Nebel emporstieg und das Badezimmer einhüllte. »Der zweite Teil.« Mutter schrie es heraus. »Steh nicht rum wie ein Affe beim Vampir-Picknick. Rühre!«

Quirl es durch und stampf es klein,
Mach einen Pudding, hübsch und fein,
Klopfe es rund und nicht zu krumm,
Warte ab und frag nicht warum!

Es war eine scheußliche Arbeit. Die Masse war schon so fest, daß ich mich wunderte, weshalb der Löffel nicht abbrach. der Nebel war so dicht, daß ich nichts sehen konnte. Dann bemerkte ich eine Bewegung, die nichts mit meiner Rührerei zu tun hatte. Mutter zog mich weg und gab ein triumphierendes Knurren von sich.

»Er kommt! Gepriesen sei Luzifer und all seine Engel – er kommt.«

Wir warteten. Es gab ein klatschendes Geräusch, als ob sich ein nasser Hund schüttelte. Darauf folgte ein knarrendes Brummen. Eine schwarze Gestalt tauchte im Nebel auf, und ich konnte das bärtige Gesicht meines Shaddy-Daddy erkennen. Ich kann nicht behaupten, daß mein Herz voll kindlicher Liebe war. Um die Wahrheit zu sagen, hätte ich am liebsten meine Beine in die Hand genommen und wäre geflüchtet. Mein Vater, der da aus der Wanne stieg war alles andere als hübsch. Er war noch häßlicher als ich und flößte mir Angst ein. Versuchen Sie sich einen eckigen Körper vorzustellen, der rot-weiß gescheckt war, als ob das ganze Hackfleisch an den verkehrten Stellen zusammengesetzt worden wäre. Er war mit filzigem, schwarzem Haar bedeckt, das bei jeder Bewegung zu dampfen schien. Er hatte schrecklich lange Arme, die in plumpen, kurzen Fingern endeten. Ich überlegte schon, ob ich doch nicht so gut gerührt hatte, wie es notwendig gewesen wäre.

Mutter akzeptierte ihn natürlich. Samt seinem scheckigen Fleisch, den dampfenden Haaren und den kurzen Fingern. Sie schloß die groteske Gestalt in ihre Arme. Sie besabberte ihn und weinte, flüsterte seltsame Laute in sein Ohr und küßte ihn sogar, was mich mit Ekel erfüllte. Umgekehrt grunzte Shaddy-Daddy, wimmerte, geiferte und leckte sie schließlich ab. So machen es Hunde, wenn sie ihren Gefühlen nachgeben. Katzen tun es, wenn sie ihre Pfoten säubern. Menschenkinder auch, wenn sie

Eis schlecken. Shaddies tun es, denn das ist ihre Natur. Es geschieht auch beim Kampf oder aus Angst. Ich verspürte keine Neigung zu blasen. Aber gewiß würde ich es eines Tages tun.

Nachdem die ersten Gefühlsausbrüche verebbt waren, wandten sie sich mir zu. Vati entblößte seinen zahnlosen Gaumen zu einem, wie er wohl dachte, herzlichen Lächeln. Dann kam er auf mich zu. Ich halte mir zugute, daß ich nicht zurückwich, sondern ruhig dastand. Auch wollte ich keine verräterische Grimasse schneiden oder zusammenzucken, wenn er mich berührte. Schließlich mußte ich auf Mutters Gefühle Rücksicht nehmen.

Seine Hände waren kalt, ließen sich aber ertragen. Ich glaube, das Gerinnungsmittel hatte etwas damit zu tun. Vielleicht stimmte auch mit seinem Stoffwechsel etwas nicht. Ehrlich, ich weiß es nicht. Es gibt viele Fragen, auf die ich nie eine Antwort erhielt. Alles, woran ich mich erinnere ist, daß er zufrieden seufzte und mit einer tiefen, heiseren Stimme sagte:

»Mein kleiner Mock. Er ist ein hübscher Bengel und kommt nach seiner Großmutter, die einer der schönsten Werguls war, der jemals einen Kirchhof beehrte.«

Mutter nickte, und ihre Augen glänzten vor Stolz.

»Ich habe ihm immer gesagt, daß es jemanden gibt, der ihn hübsch fände.«

»Du bist bald für die Beisetzung reif«, befand Vater, befühlte meine Armmuskulatur und starrte mir eindringlich in die Augen.

»Ach ja, du bist gerade rechtzeitig auferstanden.« Mutter mußte ihm beipflichten. »Laßt uns den Kessel aufsetzen.«

*

Mit Daddy gab es noch ein paar Schwierigkeiten. Mutter holte einige Kleider vom Dachboden, die ihm gut standen, wenn sie auch ziemlich altmodisch und abgetragen waren. Als wir gemeinsam spazierengingen, machten die anderen Passanten einen großen Bogen um uns oder starrten uns fassungslos an. Shaddy streckte seine Zunge nach dem einen oder anderen aus, und da sie immerhin vierzig Zentimeter lang war, suchten die Leute das Weite.

Da ich endlich mit meinem Vater sprechen konnte, stellte ich auch gewisse Fragen, und er war wesentlich redefreudiger als Mutter.

»Daddy, wenn Mutter ein Mufti ist, dann ist sie deine Cousine ersten Grades.«

Shaddy-Daddy nickte. »Stimmt, Junge. Wir beide sind Monster der dritten Generation.«

»Wie kommt es dann, daß sie nicht in den Abfluß gefallen ist?«

»Eine Frage der Gene, Junge. Auflösung kommt bei der weiblichen Linie nicht vor. Es könnte sein, daß sie ihr Geschlecht wechselt, wenn sie in die Wechseljahre kommt. Das ist dann eine andere Sache. Aber wir müssen das Beste hoffen. Sind schon lustig, diese Kreuzungen. Man weiß nie, was dabei herauskommt.«

Dann stellte ich die Frage, die mir am meisten auf dem Herzen lag.

»Vati, was meinte Mutter, als sie sagte, ich würde bald beigesetzt werden?«

Shaddy-Daddy führte mich zu einer Parkbank, und eine alte Dame, die die Vögel fütterte, trat eilig den Rückzug an.

»Nun, Junge, das ist so. Ursprünglich kommen wir alle aus dem Grab, und der Drang, dorthin zurückzukehren, ist übermächtig. Das ist bei jedem unterschiedlich, aber der Mock – also du, mein Sohn – besitzt ein besonderes Blutgemisch und starke Instinkte, die ihn früher oder später zwingen, in den Untergrund zu gehen. So wie wir Shaddies uns auflösen müssen. Mit einemmal wirst du sehr schläfrig werden und Löcher im Garten graben, oder anderswo auf freiem Feld. Eines Tages wirst du dich in eine deiner Gruben fallen lassen, und für uns ist dann die Zeit gekommen, dich zu beerdigen.«

»Dann . . . dann werde ich tot sein.«

Shaddy-Daddy brach in ein dröhnendes Gelächter aus und schüttelte sein zottiges Haupt.

»Kein bißchen, Junge, kein bißchen. Beim ersten Vollmond wirst du ausbrechen wollen, und wir stehen bereit, dich auszugraben. Dann wird sich einiges verändert haben. Was sage ich! Du wirst wie ein Schmetterling sein, der aus seinem Kokon schlüpft. Kleine Krallen an deinen Füßen, kleine Reißzähne im Mund, ein fünf Zentimeter langes Schwänzchen, und du wirst nach Herzenslust blasen können.«

»Blasen!« Ich machte eine Pause. Es war eine schreckliche Frage, und ich hatte Angst vor der Antwort. Aber ich mußte es wissen. »Warum blasen Mocks?«

Shaddy-Daddy tätschelte meinen Arm. »Schau, das ist so. Warum saugen Vampire, reißen Ghuls oder jagen Werwölfe? Die einfache Antwort lautet: das ist ihre Natur. Aus diesem Grund wirst du blasen.«

»Aber Shaddies schlecken . . .«, protestierte ich und sah Daddy heftig mit dem Kopf nicken.

»Nur zu wahr, mein Sohn .Wenn ich ernsthaft schlecke, dann verputze ich einen Arm bis auf die Knochen. Mag sein, daß wir Monster manchmal lächerlich gemacht werden, aber spaßig sind wir nicht.«

»Aber blasen . . . ich sehe nicht . . .«

Vati stand auf und gähnte, wobei ihm sechs Kornblumen in den geöffneten Mund flogen. Laut schnappten seine Kiefer zu. »Du wirst schon verstehen, Junge. Nun laß uns heimgehen. Mutter wird schon den Kessel aufgesetzt haben.«

*

Die Müdigkeit überkam mich nach und nach. Zuerst weigerte ich mich, morgens aufzuwachen. Später döste ich den ganzen Tag lang. Im letzten Stadium machte mir eine köstliche Mattigkeit die Glieder schwer, und ich sehnte mich nach völliger Ruhe, wobei mich ein Mantel aus schwarzer Erde einhüllen sollte.

Erde. Sie wurde für mich immer mehr etwas Ähnliches wie eine Frau, die ich mit meinem ganzen Körper umfassen wollte. Ihre warme Fülle sollte mir Augen und Ohren verstopfen, mein Mund wollte ihr Wesen trinken, mit und in ihr wollte ich schlafen und nur alle hundert Jahre geweckt werden, um mich dann umzudrehen und wieder einzuschlafen.

Manchmal kamen Mutter und Shaddy-Daddy zu mir herunter und holten mich aus einer Kuhle, die ich in den festen Lehmboden gescharrt hatte, während ich tief schlief. Sie murmelten beruhigende Worte und führten mich zu meinem Bett zurück, wo Mutter mich auf die Stirn küßte und Vater mir die Hand leckte.

Die Schlafphasen wurden länger. Die Besuche im Garten nahmen zu. Die Welt, wie ich sie bis dahin gekannt hatte, schwand langsam dahin.

*

Stimmen drangen undeutlich an die Grenzen meines Bewußtseins, dann verhallten sie in weiter Ferne. Einmal schaute das bärtige Gesicht von Shaddy-Daddy zu mir herunter und strahlte ein unerschütterliches Selbstvertrauen aus. Dann verschwand es und gestattete der unsichtbaren Welt über mich hereinzubrechen.

Ich spürte die Feuchtigkeit um mich, das Gefühl eingeschlossen zu sein, das herrliche, satte Aroma frischer Erde und diesen großartigen, wundervollen Frieden. In mir wachte der Sinn für die Erde. Ich befühlte sie auf allen Seiten mit unsichtbaren Fingern und freute mich an ihrer kühlen Umarmung. Dann versank auch dieses Gefühl im Dunkel, und ich spürte nichts mehr.

*

Eine Hand tätschelte meine Wangen, eine Zunge leckte meine Hand, und eine Stimme streichelte mein Ohr. »Wach auf, der Tag der Auferstehung ist da. Erhebe dich, kleiner Mock. Der Himmel ist bewölkt, der Regen fällt, und die Toten halten auf ihren Plätzen Wacht.«

Die Vorhänge waren vorgezogen, das Licht gedämpft, aber ich konnte alles erkennen, jede Regung auf den beiden mich beobachtenden Gesichtern, als ob der Raum in Flutlicht getaucht wäre. Mein Körper fühlte sich leicht und ruhig an. Ich spürte keinen Herzschlag, kein klopfendes Blut in den Ohren, kein hörbares Atmen. Ich glich einer Kreatur aus Luft und Wasser, die in einen toten Körper geschlüpft war.«

»Steh auf«, befahl Shaddy-Daddy, »und begutachte dich.«

Ich stand vor dem Spiegel des Kleiderschrankes und prüfte mein neues Ich. Sie hatten die Erdspuren abgewaschen, aber mein Fleisch war jetzt dunkelbraun. Ich war magerer, vielleicht etwas kleiner als vorher, gefiel mir aber viel besser. Nichts war mehr gegen meine spitzen Ohren einzuwenden, gegen die langen Hörner, die gewaltigen Eckzähne, den Stummelschwanz, die Füße mit den Krallen und das dichte Haarkleid, das mich von Kopf bis Fuß bedeckte. Ich war nicht mehr abstoßend häßlich. Ich war abschreckend hübsch.

»Komm runter und hol dir was Nahrhaftes«, rief Daddy von der Treppe. »Du mußt wieder zu Kräften kommen.«

Mutter half mir beim Ankleiden und seufzte, als sich herausstellte, daß mir meine alten Sachen viel zu groß waren. Aber mit einer Kordel um den Hosenbund und einigen Sicherheitsnadeln schaffte sie es, mich modisch auszustaffieren. Dann liefen wir die Treppe hinunter, und ich ging sofort ins Eßzimmer. Dort starrte ich enttäuscht auf den ungedeckten Tisch und stellte fest, daß nichts Eßbares zu sehen oder zu riechen war. Shaddy-Daddy lachte schallend und Mutter lächelte amüsiert. Dann sagte sie zu mir: »Komm in die Küche.«

Mit ungewohnter Höflichkeit bat man mich an den Küchentisch. Mutter stellte eine silberne, zugedeckte Schale vor mich hin. Sie holte tief Luft und hob dann mit einer flinken Bewegung den Deckel hoch. Mit weitgeöffneten Augen starrte ich auf mein Auferstehungs-Frühstück. Eine lange, fleischige, gesprenkelte Schlange streckte langsam ihren bis dahin zusammengeringelten Körper, erhob ihren Kopf mit lautem Zischen, und ein innerer Instinkt sagte mir, was ich zu tun hatte, noch bevor Vater das einzige Wort ausgesprochen hatte.

»Blas!«

Ein kratziges Rasseln kam aus meinen Lungen, dann mit einem Dröhnen, das die Fensterscheiben erzittern ließ – blies ich. Die Schlange bebte und wurde dann steif wie der Schwanz eines Hühnerhundes, ehe sie auf den Tisch klatschte. Und ich blies immer noch. Die Plastik-Tischdecke wurde braun, eine Papier-Serviette kräuselte sich und begann zu schwelen, die Schlangenhaut begann zu zerplatzen, wie Kastanien auf der heißen Herdplatte, und das rosige Fleisch darunter zischte. Mein erstes Blasen dauerte dreieinhalb Minuten nach der Küchenuhr (Mutter hat es stolz vermerkt), und als ich endlich meinen Mund schloß, hatte ich die Schlange mit einem Happs verschluckt.

Meine Eltern applaudierten, und Mutter meinte: »Blase kräftig, blase sanft. Koche, töte oder laß es verdorren.«

Wir beschlossen, daß Vater und ich eine Auferstehungs-Party geben würden, und die Einladungen gingen an alle weit verstreuten Familienmitglieder. Darin eingeschlossen waren die Vampire, gleich welcher Herkunft, Werwölfe, ob sie nun Jagdsaison hatten oder nicht, Ghuls, soweit ihre nächtlichen Verpflichtungen es zuließen, und all die unzähligen Mischlinge, die meistens in Hochhäusern lebten. Einer nachträglichen Eingebung folgend schickte ich eine Einladung an Sheila Benson, von der ich wußte, daß sie ihr schon aus lauter Neugierde folgen würde. Schließlich hatte nie zuvor jemand unser Haus von innen gesehen.

Um peinliche Überraschungen zu vermeiden, sollten sich alle verkleiden. Damit konnten Reißzähne oder Krallen geschickt getarnt werden, und die Aristokraten konnten sich unter die neuen vulgären Monstergattungen mischen, ohne das Gesicht zu verlieren. Mutter war sehr aufgeregt, denn seit Vaters Auflösung hatte sie völlig zurückgezogen gelebt. Für sie war diese Party eine Gelegenheit, in das gesellschaftliche Leben zurückzukehren. Ich wurde wieder zu dem Haus mit der roten Tür geschickt und kehrte mit einem großen Stapel Besorgungen zurück. Darunter befanden sich etliche Dosen Blut für die Teilnehmer, verschiedene Spezialitäten, die den Hunger der Ghuls stillen würden, ein halbes Dutzend eingesperrter Scheußlichkeiten für die Werwölfe, die gerade Saison hatten und so ihre Jagdlust befriedigen konnten, und schließlich einen Korb mit gemischten Reptilien, schön dekoriert, für junge Mocks wie mich.

Die großen Räume wurden wieder mit grünen Papiergirlanden geschmückt, die Möbel poliert, die Teppiche ausgeklopft, die Fenster geputzt, und zum Schluß holten wir das vielteilige, weiß-blaue, chinesische Eßservice aus dem Keller. Shaddy-Daddy und ich unterzogen uns einer gründlichen Haarwäsche, und Mutter rasierte sich (für eine Maddy eigentlich verboten). Dann kam der große Tag, und wir bereiteten uns auf den Empfang unserer Gäste vor.

Ich wählte ein rotes Teufels-Kostüm, denn das hatte eine Kapuze mit zwei Zipfeln für meine Hörner und verbarg meine Ohren. Ein passendes Halstuch tarnte meine untere Gesichtshälfte. Sheila Benson sollte nicht zu sehr durch meine Erscheinung verschreckt werden – jedenfalls nicht sofort.

Die Band, die wir vom Monster Club gemietet hatten, traf als erste ein. Ich plazierte sie im Erker und sorgte dafür, daß eine reichliche Auswahl an Erfrischungen für Vampire in ihrer Reichweite stand. Dann fuhr der Mini-Bus mit den Kellnern vor, und Mutter war sehr nervös, daß sie bloß nicht merken sollten, wie wenig wir an Personal gewöhnt waren. Die meisten schienen Vampire niedriger Abstammung zu sein, mit ein oder zwei Wervamps und Vamguls darunter. Ich führte sie in die Küche und erklärte ihnen ihre Aufgabe, so gut ich konnte. Das war eigentlich Mutters Angelegenheit, aber sie fürchtete, die ersten Gäste könnten kommen, wenn sie noch in der Küche wäre, und überließ mir die Organisation.

Sie hätte nicht so besorgt sein müssen, denn als die ersten Gäste kamen, entpuppten sie sich als Kleingeister, denen es egal war, ob man sie willkommen hieß oder nicht. Es war ein Vamgul-Paar aus Hounslow, die Mutters *»Erfreut, daß Sie kommen konnten«*, einfach ignorierten und geradewegs zum Tisch mit den Erfrischungen eilten. Ihnen folgten einige prächtige Wervamps, die wenigstens einen Hauch von guter Erziehung zeigten und mir einen glücklichen Auferstehungstag und viele Blas-Erfolge wünschten.

Danach strömten sie herein, und die Band spielte den ersten Walzer. Shaddies tanzten mit Maddies, Reddies schäkerten mit Werguls, Vamguls tuschelten mit Shadmocks, Vampire umarmten Ghuls, Werwölfe und Maddies kreierten einen neuen Tanz, und überall unterhielt und amüsierte man sich miteinander.

Mutter befürchtete schon, daß es zu irgendwelchen Unschicklichkeiten kommen könnte.

Es war nach acht Uhr, als mich ein Kellner anstieß und mir, nachdem er sich den Geifer vom Mund gewischt hatte, zuflüsterte:

»Verzeihung, Sir, aber ein Menschenwesen ist draußen.«

Ich runzelte die Stirn: »Ein was?«

»Ein weibliches Wesen. Eine Spenderin.«

Ich eilte in die Diele. Sheila Benson wartete dort und sah in ihrem Regency-Kostüm, das ihre Schultern und Arme nackt ließ, sehr hübsch aus. Ich mußte den Drang, hier und da zu blasen, unterdrücken. Sie begrüßte mich kühl.

»Ich kann nicht lange bleiben. Seitdem du die Stirn hattest, mich einzuladen, habe ich lange darüber nachgedacht, ob es nicht unhöflich, ja unfreundlich wäre, abzusagen. Aber . . .« Sie schaute sich in der Diele um, der ein bißchen Schmuck keineswegs geschadet hätte. »Aber das hier ist kaum mein Fall. Ich will nicht unfreundlich sein. Niemand kann etwas für seine Herkunft.«

Ich schlug vor: »Wo du einmal hier bist, komm und lerne meine Eltern kennen.«

Glücklicherweise hatte Shaddy-Daddy ein Affenkostüm gewählt, aber Sheila Benson begrüßte ihn trotzdem mit einem gewissen Widerwillen. Mutter, die als Elisabeth I. ausstaffiert war, konnte sich seit ihrer Rasur einigermaßen sehen lassen, aber irhe Augen glitzerten und sie sagte viel zu herzlich: »Ich *bin* froh, Sie kennenzulernen.«

Mir blieb nichts anderes übrig, als das Mädchen um einen Tanz zu bitten, und sie willigte widerstrebend ein. Wir kreisten durch den Raum, während Sheila die anderen Gäste unverhohlen anstarrte. Mit einer sehr lauten Stimme fragte sie mich: »Sehen sie wirklich so aus, oder ist das Make-up?«

»Sheila«, sagte ich sanft, »die Leute können nichts für ihre Gesichter.«

»Nein, vielleicht nicht. Aber sie könnten zu Hause bleiben.«

Ich weiß nicht, wie es sich herumsprach, denn Sheilas gutes Aussehen war nicht der alleinige Grund. Viele weibliche Vampire waren ausgesprochen attraktiv. Aber als ich mich umsah, fiel mein Blick auf schimmernde Reißzähne und geifernde Münder. Dann platzte ein großer, ungehobelter Vampir aus Chorleywood heraus: »Wie aufmerksam. Aber sind Sie sicher, daß es für alle reicht?« Ich warf ihm einen strafenden Blick zu, denn dieses Benehmen zeugte von ungezügelter Gier und einer schlechten Kinderstube.

Doch natürlich mußte ich sie anderen überlassen. Als Sohn des Hauses wäre es unhöflich von mir gewesen, einem Gast das Abklatschen zum nächsten Tanz zu verwehren. So übergab ich Sheila einem anderen, nachdem ich klargestellt hatte, daß ich mich nicht weiter als zwei Meter von ihnen entfernen würde. Er sah nicht schlecht aus, wenn man die vorspringenden Reißzähne übersah. Groß, mit blondgelocktem Haar beugte er sich verliebt über Sheila, wie sie es wohl mochte. Da hörte ich sie sagen: »Ich hoffe, es macht Ihnen nichts aus, aber ich finde, Sie sollten mit diesen Zähnen zum Arzt gehen.« Ich wartete auf einen Ausbruch, denn ein blaublütiger Vampir ist da sehr empfindlich. Doch glücklicherweise kam ein Wervamp aus Thames Ditton dazwischen, und sie ließ ihren Tanzpartner mitten im Raum stehen. Er sah aus, als hätte ihn ein Stahlträger mit lauter Kruzifixen getroffen.

Sie hatte sechs Partner kurz hintereinander und hielt sich wohl für die Ballkönigin. In gewisser Hinsicht war sie das auch. Unvermittelt fragte ein hochgewachsener, fetter Vampir, der aus der Gegend von Kensington zu uns gereist war: »Hätten Sie Lust, auf der Terrasse etwas frische Luft zu schnappen?« Ich fühlte mich wie ein Hermelin, der sein Junges beschützt.

Ehe sie protestieren konnte, schleppte ich sie fort. Ihr Gesichtsausdruck kündigte einen Wutausbruch an. In der Diele versuchte sie, etwas zu sagen, aber ehe sie zu Wort kommen konnte, zerrte ich sie in ein kleines Nebenzimmer und schlug die Tür zu. Dann brach ein Donnerwetter über mich herein.

»Noch nie hat man mich so gedemütigt. Diese scheußlichen Kreaturen mit ihren furchtbaren Zähnen und den feuchten Händen. Ich hätte es besser wissen müssen und niemals meinem Mitgefühl für die Unterprivilegierten nachgeben dürfen. Mein gesunder Menschenverstand hätte mir sagen müssen, daß jemand, der so häßlich ist wie du, zwangsläufig abstoßende Verwandte haben muß. Wage nicht, mich anzufassen.« Protestierend hatte ich meine Hand ausgestreckt. »Ich fühle mich beschmutzt, und du ekelst mich an!«

»Sheila«, sagte ich, »hör bitte zu.« Aber da sie weiterhin herumschrie und ihr hübsches Gesicht haßerfüllt zu einer häßlichen Grimasse verzog, erhob ich meine Stimme und brüllte: Ich sagte – *zuhören*!« Sie wurde ruhig und betrachtete mein maskiertes Gesicht mit wachsender Verblüffung. Leiser fuhr ich fort: »Häßlichkeit kann sich in Schönheit verwandeln, wenn sich jemand die Mühe macht, sie von einer anderen Warte aus zu sehen. Aber die Person muß Liebe und Mitleid fühlen und die Fähigkeit besitzen, sich selbst zu vergessen. Ich liebte dich, aber du hast mich mit grausamen Worten zurückgestoßen. Noch einmal wende ich mich an dich. Sicherlich gibt es tief versteckt in mir ein Fünkchen Schönheit, das verdient, sich zu einer unauslöschlichen Flamme zu entwickeln.«

Sie lachte. Ein kalter silbriger Laut, der an ein Glockengeläut über einem weiten, gefrorenen See erinnerte. »Jemand, der so häßlich ist, sollte sich von seinen Gefühlen nicht zu Unverschämtheiten hinreißen lassen.« Dann hob sie langsam ihre Hand und schlug mir wohlüberlegt ins Gesicht.

Das war der Moment, wo ich mein Erbe richtig antrat. Kalte Wut kroch in mir hoch und schwemmte alle Barmherzigkeit und Zärtlichkeit hinweg, die mich noch an die menschliche Rasse ketteten. Vor mir sah ich nichts weiter als eine hübsche Porzellanpuppe, die es gewagt hatte, die Hand gegen einen Mock zu erheben. Einen Erben jener Fürsten der Finsternis zu schlagen, die die Erde regierten, ehe das Christentum den Geist der Menschen verwirrt hat. Ich pumpte Luft in meine Lungen, hörte das unheilvolle Rasseln in meiner Kehle und riß mit einer wilden Bewegung das geschmackvolle Halstuch von meinem Gesicht sowie die Kapuze von meinen Hörnern. Sheila Benson genoß das Privileg, einen frisch auferstandenen Mock in seiner furchtbaren Herrlichkeit zu sehen.

Ein Monster nähert sich der vor Angst erstarrten Schönheit.

Klauenartige Hände krallen sich in weißes Fleisch, und das leise Wimmern wird zu sanfter Musik. – Ich zog sie an mich heran und blies ihr zart ins Gesicht, und die Schönheit verwelkte wie eine Blume im eisigen Wind. Ich hauchte in ihre kleinen Ohren, ließ ihr goldenes Haar wehen, zerriß ihr Kleid, zerstörte den Schimmer ihrer weißen Haut und die Wohlgeformtheit ihrer Brüste.

Ich arbeitete langsam und sorgfältig. Nachdem ich fertig war, ließ ich sie auf dem Boden liegen, wo sie sich alles überlegen konnte. Sie würde nicht sterben, nicht in hundert Jahren.

Als ich zur Gesellschaft zurückkehrte, stritt man sich gerade, wie es häufig vorkommt, wenn Reinrassige mit Bastarden zusammen feiern. Shaddy-Daddy hatte sich vor dem fetten Vampir aufgebaut. Ich hörte das Ende seiner Beschwerde.

»Teilen und miteinander teilen war immer der Wahlspruch des Monstertums. Aber was geschieht? Dein Sohn stellt uns einen A-Spender vor, läßt uns das Wasser im Mund zusammenlaufen und entwischt dann mit ihm, um sich selbst einen guten Tropfen zu gönnen. Auch wenn ich nicht ganz verstehe, was ein Mock mit einem Spender anfangen kann. Ich verlange, daß man ihn zurückbringt, damit die besseren Kreise was zu saugen haben.«

Shaddy-Daddy grollte und schüttelte den Kopf. »In meinem Haus werden keine Forderungen gestellt. Mein Sohn hat die Spenderin als Gast eingeladen. Und Gäste sind keine Nahrungsmittel. Sie gehen nur den Gastgeber etwas an.«

Der Vampir wurde ganz grau im Gesicht und entblößte die Zähne.

»Wird der Spender nun ausgeliefert oder nicht?«

Shaddy-Daddy grinste. »Da fragen Sie besser meinen Sohn.«

Alle Augen richteten sich auf mich, und ich schüttelte den Kopf.

»Das verbliebene Blut ist verschmort.«

Der fette Vampir wandte sich meinem Vater zu und schnaubte zitternd vor Wut:

»Ich verlange Genugtuung.«

Das genügte, damit die anderen zurückwichen und den

Streithähnen Platz für den Kampf machten. Durch die Zuschauerreihen ging ein befriedigtes Raunen, denn die Party war inzwischen recht langweilig geworden und eine Schlägerei ist immer belebend. Der Vampir legte seinen Mantel ab, aber Vater tat nichts dergleichen, denn er kämpfte ja nicht mit den Fäusten. Der Vampir zwar auch nicht, aber er wollte wohl zeigen, daß er was vom Geschäft verstand.

Sie umkreisten einander. Der Vampir mit entblößten Zähnen, Schuft-Pa mit geöffnetem Mund. Dann brüllte der Vampir, stürzte vorwärts und zuckte gleich wieder zurück, denn von seiner Wange aus verlief eine fünfzehn Zentimeter lange Wunde, die bis auf den Knochen ging. Vater schluckte und öffnete dann seinen Mund zum nächsten Angriff. Die Geschwindigkeit seiner Zunge faszinierte mich. Ich hatte nur einen langen, dunklen, pfeilschnellen Strahl aus seinem Mund kommen sehen. Dann hörte ich bereits den Vampir aufheulen.

Beim nächstenmal versuchte es der Blut-Trinker mit gesenktem Kopf. Zweifelsohne wollte er seine Zähne in ein Bein graben und seinen Gegner zu Boden werfen, ehe die tödliche Zunge in Aktion treten konnte. Der Schufti wartete, bis der Kopf etwa fünfzehn Zentimeter von seinem Magen entfernt war. Dann gab es eine kaum sichtbare Bewegung, und der Vampir krümmte sich auf dem Boden. Eine tiefe Furche lief von seinem Schädel bis hinunter in den Nacken. Vater kaute teilnahmsvoll.

Der Kampf war vorüber. Um die Wahrheit zu sagen, die adeligen und bürgerlichen Vampire sind zu sehr verweichlicht. Sie jagen nicht mehr und sind mit dem Blut aus der Dose zufrieden. Sie überfallen die Blutbank, aber keine Nacken mehr. Dafür müssen sie zahlen. Die Freunde des Vampirs trugen ihn fort, und kurz darauf wurde das Fest abgebrochen. Ich spürte, daß etwas in der Luft lag, und überlegte, ob dieser Zwischenfall zu einem Monster-Krieg führen könnte. Nachdem der letzte Gast gegangen war, kam Vater zu mir und lächelte schüchtern.

»Du junger Hund, was hast du mit ihr gemacht?«

Ich zuckte die Schultern. »Auf sie geblasen. Sie hat mich beleidigt.«

Shaddy-Daddy nickte. »Das war zu erwarten. Das war dein

erstes Blasen aus Zorn. Aber behalte sie nicht ganz für dich. Denke an deine Eltern.«

Mutter küßte mich und meinte: »Ich hoffe, es war nett für dich. Laß alles so stehen, wir räumen morgen auf.«

Nachdem sie hinaufgegangen waren und ihre Schlafzimmertüren hinter sich geschlossen hatten, ging ich in den kleinen Raum und starrte auf das, was da gegen die Wand lehnte. Ihr Hirn hatte ich nicht ausgeblasen. Sie war bei Bewußtsein und litt keine Schmerzen. Ich hatte gut geblasen. Ich trat zu ihr.

»Ich fürchte, ich kann dich nicht heiraten. Möchtest du wissen weshalb?«

Sie versuchte, einen Laut von sich zu geben, wußte aber noch nicht wie.

»Nun, wenn du darauf bestehst. Du bist so häßlich. Ich bin sicher, du bist viel zu intelligent, um der Wahrheit auszuweichen. Bitte, unterbrich mich, wenn ich deine Gefühle verletze.«

Sie machte ein kleines Geräusch. Nicht laut, aber sie versuchte es.

»Häßlichkeit alleine wäre noch nicht so schlimm. Einige häßliche Frauen sind sehr anziehend. Aber du bist abstoßend häßlich.«

Sie krächzte. Ein lustiges krächzendes Geräusch wie eine Kröte.

»Ich weiß nicht, was dich so abstoßend macht. Vielleicht sind es deine Ohren. Sie erinnern mich an den Tod – abgestorbener Rosenkohl. Dann dieses scheußliche, gelbe schrumplige Gesicht. Ich möchte nicht brutal sein, aber ich weiß nicht, wohin ich dich küssen sollte. Mir würde schlecht werden. Ehrlich. Dann deine Haare. Was ist davon übrig. Ein scheußliches, grünes Gekräusel. Ich bin doch nicht zu weit gegangen, oder?«

Sheila machte Fortschritte. Sie gab einen gedämpften Schrei von sich.

»Prima. Denn ich erzähle dir das nur zu deinem Besten. Ich könnte sagen, daß deine Beine wie verwesender Sellerie aussehen, aber ich tue es nicht. Ich könnte hinzufügen, daß deine Brüste wie alte Apfelschalen herunterhängen, aber das wäre nicht nett. Entschuldige . . . Ist irgend etwas falsch daran?«

Sie drehte ihren Kopf herum und verzog die verwelkten Lippen, als sie versuchte, etwas zu sagen. Endlich wurde sie belohnt. Ein winziger Schrei drang aus ihrer Kehle und schwoll zu einem langgezogenen Pfeifen an.

Ich überwand meinen Ekel gegenüber ihrer Häßlichkeit. Verzieh ihr die Verbrechen und zog sie in meine Arme, wo sie sich an der Hitze meines unsterblichen Hasses wärmte. Ich lachte leise.

»Ich muß dich mit einem Shadmock vermählen. Denn Shaddies können schlecken und Mocks blasen, aber du kannst – glücklicherweise – nur pfeifen.«

Zweites Zwischenspiel

Als der Mock seine Geschichte beendet hatte, stand eine große Zuhörerschar um seinen Tisch herum, die Donald etwas beunruhigte. Einige der Hinzugekommenen schenkten ihm nämlich weniger eine höfliche als eine hungrige Aufmerksamkeit. Eramus, den die schon so oft gehörte Geschichte gelangweilt hatte, schlief bereits. Der Wervamp schien angeekelt zu sein, aber Donald war nicht ganz sicher, ob dieser Ekel echt war.

»Von Mal zu Mal«, erklärte der Wervamp, »finde ich diese Geschichte geschmackloser. Richtig – ich bin ein Monster, wir alle hier, aber es gibt Grenzen. Nach meiner Ansicht hast du die ganze Schweinerei angerichtet, weil sie die Wahrheit gesagt hat. Denn du bist verflucht häßlich.«

Der Mock verzog böse das Gesicht, und ein unheilvolles Rasseln drang aus seiner Kehle. »Ihr Halbblüter haltet euch für allmächtig, weil ihr je zur Hälfte von oben abstammt. Ich bin ein Mock – und stolz darauf. Deshalb blase ich. Und dieses Miststück hatte es verdient. Aber wenn du noch was willst, nur 'raus mit der Sprache.«

Ein ehrwürdiger Ghul, der dem Streit aufmerksam zugehört hatte, griff eilends ein.

»Bitte, meine Herren. Es besteht wirklich kein Anlaß – wenn ich so sagen darf –, unser Blut zu erhitzen. Es ist ohnehin so wenig davon da. Wir alle wandeln auf dem Pfad, den uns der Schwarze Herr gewiesen hat. Es schadet nur jedem Clubmitglied, ein anderes zu kritisieren. Ich möchte Sie an die unwiderrufliche Clubregel erinnern. – Alle Monster sind gleich.«

»Hört, hört.«

Die beiden Streithähne waren über den lauten Tumult bestürzt. Der Mock bemühte sich als erster, seinen Widersacher zu besänftigen.

»Tut mir leid, Alter. Hab' die Beherrschung verloren. Nehme alles zurück.«

Der Wervamp wollte hinter so viel Großmut nicht zurückstehen und streckte seinem Gegner die Hand in einer Geste der Freundschaft entgegen.

»Vergiß es, lieber Freund. Ausschließlich mein Fehler. Verdammt noch mal, wenn Sie blasen müssen, dann blasen Sie eben. Und, wenn ich hinzufügen darf, die Welt wäre ein schönerer Ort, würden einige sterbliche Frauen regelmäßig weggeblasen.«

Um sie herum klatschten alle, als Wervamp und Mock einander die Hände schüttelten, und der Ghul gönnte sich ein kleines, triumphierendes Lächeln. »Ich finde, das ist eine Gelegenheit, unsere Hymne zu singen. Das *Monster Anthem.*«

Ein bellender, schreiender, singender Chor ließ den Club erzittern. Nach dem Refrain fielen sich alle Monster in die Arme, und der Ghul wischte sich eine Träne aus dem rechten Augenwinkel.

»Ob's regnet, stürmt oder die Sonne lacht,
wir Monster geben aufeinander acht.«

Er wiederholte die letzten Zeilen noch einmal. Dann verkündete er überwältigt: »Seit dem großartigen Friedhofsfest der Ghuls im Jahre '54 bin ich nicht mehr so gerührt gewesen. Damals hielt ich eine Rede und sagte: ›Laßt sie kommen mit aufgerollten Regenschirmen und gespitzten Phählen, laßt sie nur kommen mit Knoblauchzwiebeln oder brennenden Kreuzen, wir werden sie schlagen.‹«

Eramus, der mittlerweile vom Lärm wach geworden war, gähnte, und einige andere Monster sahen gelangweilt aus. Man war sich darüber einig, daß der Ghul zu dick auftrug.

»Nachdem ich der interessanten Erzählung unseres Freundes gelauscht habe«, fuhr der Alte rücksichtslos fort, »möchte ich Ihnen die Geschichte eines entfernten Verwandten nicht vorenthalten. Und ich glaube, Sie werden entzückt sein, wenn ich Ihnen meine, wie meine liebe Gattin zu sagen pflegt, schauspielerischen Fähigkeiten darbiete. Kurz, ich darf Ihnen die Geschichte, die ich in weiser Voraussicht zu Papier gebracht habe, vortragen.«

Ohne abzuwarten, griff der Ghul in sein Leichengewand und förderte ein ziemlich schmutziges Manuskript zutage.

»Allmächtiger Satan!« Eramus schäumte. »Nicht noch so einen Seelen-Strip-tease!«

»Als Vorsitzender sowohl des Wein- wie auch des Blut-Ausschusses ist es meine Pflicht«, stellte der Ghul, ohne Eramus zu beachten, fest, »dafür zu sorgen, daß alle Lippen feucht und alle Kehlen naß sind. Kurz, Drinks für alle.«

Die Gesichter belebten sich, Zungen leckten über die Lippen, und Eramus gab nach.

Nachdem alle die gewünschten Erfrischungen erhalten hatten, öffnete der Ghul das Manuskript, setzte eine randlose Brille auf seine Nase und begann mit langsamer wohltönender Stimme die Erzählung:

Der Homghul

Gerald Mansfiel hatte sich verirrt. Kein ungewöhnlicher Vorfall, da er überhaupt keinen Ortssinn besaß. Er wußte, er war irgendwo in Hampshire, und Porthmouth mußte etwa dreißig Meilen südlich liegen. Er suchte sich seinen Weg auf schmalen Nebenstraßen, nachdem er die Hauptstraße in der trügerischen Annahme verlassen hatte, so den Weg abzukürzen.

Plötzlich sah er das Schild. Darauf stand in großen schwarzen Lettern *Luhgville*. Gerald dachte an eine Tankstelle oder ein Restaurant, vor allem aber an einen intelligenten Menschen, der ihm den kürzesten Weg nach Portsmouth zeigen könnte.

Auf den ersten Blick sah Luhgville vielversprechend aus. Eine schmale Hauptstraße, die an beiden Seiten von Häusern mit Vorgärten gesäumt war. Am Ende der Straße schien ein Gasthaus zu warten. Aber bei genauerer Betrachtung stellte Gerald fest, daß der Ort alt und ungepflegt war. An den Häusern blätterte der Anstrich ab, und in den Vorgärten wucherte das Unkraut. Wären nicht die rauchenden Schornsteine und die dreckigen Vorhänge an den Fenstern gewesen, hätte er angenommen, daß niemand mehr dort wohnte. Als sein Auto langsam die Straße entlangfuhr, hätte er schwören können, daß sich einige Vorhänge bewegten. Und es war offensichtlich, daß sich eine Tür einen Spaltbreit öffnete und jemand um die Ecke lugte.

Gerald bog auf den kleinen Hof vor dem Gasthaus ein, das man für ein normales Häuschen hätte halten können, wäre nicht das Schild mit der Inschrift *THE LUHG INN* gewesen. Gerald stieg aus und ging nach einigem Zögern zur grünen Eingangstür hinüber.

Er betrat einen langen, übelriechenden Raum und schaute sich überrascht um. Eine einfache hölzerne Theke verlief quer durch den Raum bis zu einer Treppe, die nach oben führte. An einem Ende stand ein riesiges Bierfaß, und auf der Theke befand sich eine Ansammlung von Steinkrügen. Zwei Eichenstühle flankierten einen altmodischen Kamin, und an jeder Seite des Raums war eine Bank ohne Rückenlehne aufgestellt. Der Raum war gänzlich schmucklos und enthielt nur das Notwendigste.

Gerald ging zur Theke hinüber und klopfte vorsichtig gegen das Holz, da niemand zu sehen war. Er wartete eine Minute und klopfte abermals, wobei er in Richtung des verblichenen Vorhangs schaute, der eine Öffnung in der Wandverkleidung verdeckte.

Kurz darauf wurde der schmutzige Stoff von einer langgliedrigen, schmuddeligen Hand beiseite gezogen, und ein großer, gebeugter Mann erschien. Er schlurfte zum Tresen und starrte den Besucher mit offenem Mund verblüfft an. Gerald entschied, daß ihm ein Individuum gegenüberstand, dem er nicht im Dunkeln begegnen mochte.

Das Gesicht des Wirtes war ungewöhnlich lang und schmal. Seine Lider hingen wie vertrocknete Hautlappen über seinen wäßrigen Augen. Unnatürlich lange Ohren standen zu beiden Seiten seines kahlen Schädels ab, und eine Höckernase ragte über einem geöffneten Mund vor, der einen aufschlußreichen Blick auf gelbe, spitze Zähne freigab. Angezogen war er – wenn man in diesem Zusammenhang überhaupt von angezogen sprechen kann – mit einem schmierigen, gestreiften Ding, das Gerald an einen Pyjama erinnerte. Der junge Mann versuchte, seine Abscheu hinter einem nervösen Lächeln und einer höflichen Stimme zu verbergen.

»Könnten Sie mir vielleicht helfen? Ich scheine mich verirrt zu haben. Ich war auf dem Weg nach Portsmouth und . . .«

»Sie sind mit dem Automobil?«

Die Frage wurde in einer kratzigen, undeutlichen Stimme gestellt, so als ob ihr Besitzer etwas an den Stimmbändern oder mit den Bronchien hätte. Gleichzeitig glomm so etwas wie freudige Überraschung in den wäßrigen Augen auf.

»Sie sind mit dem Auto . . . mobil gekommen . . . von weit her?«

Gerald runzelte die Stirn und hielt sich den Rückweg zur Tür offen. »Ja, ich komme aus London und wollte vor Anbruch der Dunkelheit in Portsmouth sein. Aber, wie gesagt, ich scheine mich verfahren zu haben, und hoffte, Sie könnten sagen, wie ich zur Hauptstraße zurückfinde.«

Der Mann nickte und schlurfte dann plötzlich hinter den

Vorhang zurück. Gerald hörte ihn einige Worte murmeln, und unvermittelt erschien ein Kind aus dem Raum, in dem er verschwunden war. Es schaute den Gast mit dem gleichen erstaunten Ausdruck an wie der Wirt.

Gerald konnte nicht ausmachen, ob es ein Junge oder ein Mädchen war, aber die dünne Gestalt in den Überresten eines Kindernachthemds hatte nichts Weibliches an sich. Sein langer, schmaler Schädel wurde von einem zottigen, schwarzen Haarschopf bedeckt. Der Wirt knurrte etwas, und das Kind verschwand durch die Eingangstür, die Gerald vorsorglich offengelassen hatte.

»Holt jemanden«, erklärte der Mann. »Jemand, der den Weg kennt.«

»Sehr freundlich«, murmelte Gerald und fügte hinzu: »Aber ich möchte Ihnen keine Umstände machen. Ich werde die Hauptstraße schon irgendwie finden.«

»Wird jemand zeigen«, erwiderte der Mann. »Ein Bier?«

»Ja, das ist eine gute Idee. Ein kleines, bitte.«

Mit den langsamen Bewegungen, die alle seine Handlungen kennzeichneten, nahm der Wirt einen Steinkrug und schlurfte damit zum Bierfaß. Als Gerald das Getränk kostete, empfand er es als bitter und stark.

»Welche Brauerei?«

»Wir machen es selbst«, erklärte der Mann.

»Dann sind Sie unabhängig?«

Die Frage schien den Wirt zu verwirren, denn er bekam wieder diesen erstaunten Gesichtsausdruck und antwortete nicht. Gerald leerte den Krug und schaute ungeduldig auf seine Uhr.

»Ich denke, ich warte nicht länger auf ihren Freund. Ich ziehe los und verlaß mich auf meinen Pfadfinder-Instinkt.«

»Sie kommen jetzt«, sagte der Mann.

Und tatsächlich strömten plötzlich die Leute herein und bildeten einen Halbkreis um die Thekke. Als letztes kam das Kind, schlug hinter sich die Tür zu und gesellte sich zu den Erwachsenen, die den Fremden unverwandt anstarrten.

Sie alle hatten eine beängstigende Ähnlichkeit mit dem Wirt, nur daß einige einen wirren, schmierigen Haarschopf trugen.

Sie schienen alle wegen des Fremden aus ihren schmuddeligen, widerwärtigen Betten gekrochen zu sein. Dreckige und zerfetzte Pyjamas und Flanell-Nachthemden waren offenbar groß in Mode. Nur eine hochgewachsene, schmächtige Gestalt war in etwas Fleckiges gehüllt, das einem Bettlaken glich.

»Dieser Herr . . . verirrt«, verkündete der Wirt.

»Ah!« gab der große Schmächtige von sich, und sein Adamsapfel hüpfte aufgeregt auf und nieder.

»Kam mit dem Auto . . . mobil«, fügte der Gastwirt hinzu, und sofort schlurften einige zur Tür.

»Wo wollte er hin?« erkundigte sich ein kurzes Persönchen in einem gefleckten Nachthemd.

»Ports . . .mouth«, antwortete der Wirt.

Gerald fühlte sich wie in einem Alptraum, als er die nickenden Köpfe betrachtete. Es war ein bedächtiges Nicken, als ob ein ganz einfaches Problem zu lösen wäre.

»Ich schätze, es ist noch 'n gutes Stück bis da«, erklärte einer in einem grünen Pyjama.

»Schätze, diese Nacht wird das nichts mehr«, stellte ein Mann mit einem ehemals weißen Hemd fest.

»Oder morgen«, fügte der Wirt hinzu.

Alle kicherten. Ein tiefes gurgelndes Geräusch, das an eine Schar böser Kinder erinnerte, die einen unerfreulichen Streich ausgeheckt hatten. In diesem Moment kamen diejenigen, die hinausgegangen waren, wieder zur Tür herein. Gerald nahm allen Mut zusammen und wandte sich an die Umstehenden.

»Ihnen allen vielen Dank für Ihr freundliches Interesse, aber ich muß jetzt los. Keine Sorge, ich finde schon den Weg.«

»Der will gehen«, sagte der große Schmächtige voller Verblüffung.

»Gehen?« erkundigte sich der Gastwirt.

»Nun«, Gerald bemühte sich zu lächeln. »Bin schon unterwegs. Nochmals danke.«

Er schritt entschlossen zur Tür, und der Halbkreis öffnete sich und ließ ihn durch. Er erreichte die Tür und fühlte sich wie ein entlassener Sträfling, als er hinaustrat. Er lief zu seinem Auto, als wäre es eine Bastion gegen das Böse. Aber als er sicher darin saß, den Schlüssel im Zündschloß, sah er sie vor dem Wirtshaus stehen und ihn amüsiert betrachten. Ehe Gerald den Selbst-Starter drückte, winkte er sogar noch einmal. Keiner bemühte sich zurückzuwinken. Und der Selbst-Starter reagierte nicht auf seinen verzweifelten Fußdruck. Kein Motorengeräusch durchbrach die unheilvolle Stille. Mit einem Seitenblick stellte er fest, daß die seltsamen Gestalten langsam näher kamen. In ihren Augen stand jetzt ein bösartiges Funkeln, und das Kind tanzte in erwartungsvoller Freude um sie herum.

Gerald blieb nichts weiter übrig, als auszusteigen und die Motorhaube zu öffnen. Der Verteiler war zerbrochen und die Drähte herausgerissen worden. Seine Unsicherheit wurde von jäh aufsteigendem Zorn verdrängt.

»Wer hat das getan?« brüllte er die abwartende Schar an.

»Isses kaputt?« fragte der Wirt.

»Natürlich ist es hin. Wer war es?«

Ein weißes Gesicht sah das andere in gespielter Hilflosigkeit an. Der große Schmächtige äußerte sich:

»Sicher Ungeziefer.«

Ein Ding in einem grünen Pyjama nickte beipflichtend. »Echte Monster. Nichts ist sicher.«

Geralds Zorn wich einer wachsenden Furcht. Hoffnungsvoll blickte er die Straße entlang. Dann stellte er eine ihm selbst dumm erscheinende Frage:

»Kann mir irgend jemand das nächste Telefon zeigen?«

»Kein Tele . . .fooon . . . kein Tele . . .foon.«

Die gemarterten Worte machten die Runde, bis sie schließlich von dem Kind aufgefangen wurden.

»KEIN TELE . . .FOON.«

»Wie weit ist es bis zur nächsten Werkstatt?«

Fragend blickten die weißen Gesichter einander an, und der Gastwirt, der ein gewisses Ansehen zu haben schien, murmelte: »Werk . . .statt! Keine Werk . . .statt!«

»Du lieber Himmel. Was kann ich tun?« Gerald blickte sich ängstlich um.

»HIERBLEIBEN.«

»Bald ist es dunkel«, meinte einer.

»Gefährlich im Dunkeln«, sagte ein anderer.

»Ist gemütlich in der Kneipe«, stellte ein dritter fest.

Halb gezogen, halb geführt wurde Gerald ins LUHG Inn zurückgebracht.

Er erhielt ein Zimmer mit einem wundervollen Blick auf den Kirchhof.

Das Gastzimmer war genauso kärglich ausgestattet wie der Schankraum. Auf einem schmalen Holzbett lag zusammengeknüllte Bettwäsche, daneben stand ein »Stummer Diener« für die Kleidung. Ein Holzstuhl vervollständigte das Mobiliar. Gerald hatte gerade entschieden, daß er sich nicht mit dem Bett anfreunden würde, sondern die Nacht lieber auf dem Stuhl verbrächte, da öffnete sich die Tür, und ein Mädchen trat ein.

Sie wirkte wie ein Diamant unter Kieseln. Oder – vielleicht passender – wie ein Lamm unter Wölfen.

Ihr Gesicht war lang, aber nicht übermäßig, die großen Augen waren von einem dunklen Kornblumenblau, das sehr gut mit ihrem schwarzen Haar harmonierte. Sie trug ein verhältnismäßig weißes Nachthemd und erweckte den Eindruck, sie habe sich abends gewaschen. Gerald starrte die Schönheit an, die so unerwartet in dieser unwirklichen Szenerie erschienen war, und beobachtete, wie sie eine Schüssel ans Bettende stellte. Ihre Stimme war ebenso heiser wie die der anderen Dorfbewohner, ließ aber erfreulicherweise den schrecklichen gurgelnden Unterton vermissen.

»Papa sagt, Sie essen das.«

Er betrachtete den braunen Eintopf, aus dem Fleischklumpen wie Felsen in der Brandung herausragten, und fragte sich, ob sein Magen wohl irgend etwas annehmen würde, das in diesem dreckigen Haus gekocht worden war.

»Was ist das?«

Sie lächelte und entblößte ihre weißen, ebenmäßigen Zähne. »Kaninchen-Stew. Selbst gemacht.«

Er beäugte es kritisch, schnüffelte und probierte es schließlich. »Es ist nicht schlecht.« Er ging mit seinem Magen zu Rate und entschloß sich, das Stew zu essen. Das Mädchen beobachtete ihn dabei. Nachdem er die Schüssel geleert hatte, streckte es zaghaft seine Hand nach Geralds weichem Kamelhaaranzug aus und befühlte den feinen Stoff.

»Schön. Tragen alle Leute draußen so was?«

»Draußen!« Für einen Augenblick dachte er, sie machte einen düsteren Scherz, doch dann sah er die Verwunderung in ihren Augen, und seine Furcht kehrte zurück.

»Schauen Sie, die Hauptstraße ist nur wenige Meilen entfernt. Eine Stunde Fahrt mit dem Auto, und wir wären in einer großen Stadt. Hier ist nicht der Nordpol.«

Sie schüttelte den Kopf. »Vor langer Zeit errichteten die Ahnen einen Graben zwischen ihnen und uns. Nur einmal nach vielen Mahlzeiten kam ein Fremder hierher. Keiner außer den Ältesten geht hinaus.«

In Geralds Hirn entstand eine Erklärung, die allem bisher erlebten einen Sinn gab. Eine kleine Gemeinde, die seit Generationen Inzucht betrieben hatte, und nun aus lauter Halb-Idioten bestand, die den Bezug zur Umwelt verloren hatten. Das mußte die Lösung des Rätsels sein! Und dieses Mädchen war etwas zurückgeblieben und glaubte an die Märchen und Vorurteile, die verwirrte Gehirne ausgebrütet hatten. Mitleid durchzuckte ihn.

»Alle Leute . . .« Er machte eine Pause und versuchte es erneut. »Alle Leute draußen tragen Kleider wie ich. Mädchen haben noch hübschere. Sie sollten auch so etwas anziehen. Sagen Sie, weshalb tragen hier alle Nachtgewänder? Sicher ist das im Winter sehr kalt.«

»In den Kisten sind nur solche Kleider«, lautete die einfache Antwort. »Keine Kleider wie Ihre. Nur das«, sie wies auf ihr Nachthemd, »und andere wie Papas.«

»Kisten!« Gerald runzelte die Stirn und versuchte zu begreifen. »Sie meinen, ihr habt Kisten mit Nachthemden und Pyjamas gefunden?«

Sie schüttelte den Kopf. »Nein, ein Kleid in jeder Kiste. Alles ist aus den Kisten. Dickon hat auch die Einrichtung hier daraus gezimmert. Das Bett hier und den Stuhl.«

»Wo haben Ihre Leute die Kisten gefunden?«

Sie nickte zum Fenster. »Auf dem Feld. Als wir uns nachts

versammelten. Alles kommt aus den Kisten. Kleider, Holz – Essen für einen großen Festschmaus.«

Gegen seinen Willen sah der junge Mann zum Fenster hinaus und schaute auf den Kirchhof. Da stand die Kirche, grau und verlassen mit zerbrochenen Fensterscheiben und geborstener Tür. Grabsteine lagen verwüstet herum, und anstelle der Gräber reihten sich Erdhaufen und gähnende Löcher aneinander. Hinter ihm erklang die Stimme des Mädchens.

»Jetzt sind keine Kisten mehr übrig. Alles weg.«

Gerald drehte sich um und schaute einen Herzschlag lang in das weiße, wunderschöne Gesicht. Dann endlich begriff er und rannte los. Mit drei Sätzen erreichte er die Tür.

Der Gastwirt beobachtete seine Flucht mit dem üblichen Erstaunen. Drei an die Wand gelehnte Gestalten in Schlafanzügen hoben interessiert die Köpfe, als er atemlos auf dem Hof stehenblieb und sich ängstlich umsah. Sein Auto war verschwunden. Verzweiflung packte ihn. Ihm blieb nur ein Ausweg. Laufen, so schnell ihn die Füße trugen.

Er lief die Straße, die um die Kirche herumführte, entlang. Er rannte, bis ihm das Herz zu zerspringen schien, und er sich nichts Schöneres vorstellen konnte, als sich ins hohe Gras fallen zu lassen und seine Seele einem kühlen Lufthauch anzuvertrauen. Vorsichtshalber blieb er stehen und schaute sich um. Entweder waren sie außerstande oder hatten keine Lust, ihn zu verfolgen. Bei dem Gedanken an die langsamen Bewegungen dieser Verrückten fühlte er sich gleich wesentlich besser. Wenn er sich ganz auf seinen Orientierungssinn verließ, würde er schon die Hauptstraße oder zumindest ein Telefon finden.

Über eine Stunde lang lief er die Straße entlang, dann fand er sich im Dorf wieder. Er überwand die aufsteigende Panik und beschloß, statt der heimtückischen Straße den Weg über die offenen Felder zu nehmen. Er hastete zwischen Gestrüpp und Bäumen hindurch und kam bald auf freies Gelände, das geradewegs zu einem entfernten Hügel führte. Als er so dahinmarschierte, hatte Gerald das unsinnige Gefühl, daß er sich im Nichts befand. Ihm war – noch unsinniger –, als bewege sich der Boden unter ihm, als träte er auf der Stelle. Dieser Eindruck war nicht unbegründet. Als er nämlich den Abhang hinaufstieg, sah er weiter unten den entweihten Kirchhof und die Doppelreihe der verlotterten Häuser liegen.

Gerald wanderte weiter. Der Sonne entgegen und von ihr fort. Über Hecken und Pfützen sprang er und überquerte mehrmals die Straße. Aber immer führte ihn sein Weg ins Dorf zurück. Die Sonne ging unter, als er zum letztenmal in die Hauptstraße – die einzige Straße – taumelte, wo sie ihn schon erwarteten.

»War's ein hübscher Spaziergang?« erkundigte sich der lange Schmächtige.

»Ne ganz schöne Entfernung, was?« fragte das Etwas im grünen Pyjama.

»Essenszeit«, erklärte die Gestalt in dem Bettlaken.

»Gibt Kaninchen-Stew«, versprach der Gastwirt.

Sie geleiteten ihn in das scheußliche Schlafzimmer zurück. Die Tür wurde geschlossen und verriegelt. Es kehrte Frieden ein nach der totalen Niederlage. Gerald warf sich aufs Bett, vermied es aber, unter die Laken zu schlüpfen. Er hatte den Verdacht, daß es sich um benutzte Leichentücher handelte.

Es war dunkel, als sich die Tür öffnete und das Mädchen mit einer Kerze in der einen und einer Schüssel in der anderen Hand hereinkam. Gerald setzte sich auf und blinzelte. Er hatte keine Ahnung, wie lange er geschlafen haben mochte, aber er fühlte sich erfrischt, wenn auch etwas steif, und wieder klar im Kopf. Mit der Erinnerung kehrten das Entsetzen und die Angst zurück, aber er versuchte sie zu unterdrücken, so gut er konnte. Angst würde nur seinen Verstand lähmen und jede Hoffnung zerstören, das junge Ding zu seiner Komplizin zu machen.

»Wieder Rabbit-Stew?« erkundigte er sich.

Sie zuckte die Achseln. »Die Kisten sind leer. Da bleibt uns ja nichts anderes übrig.«

Er schauderte. Dennoch wollte er nicht glauben, daß mittelalterliche Mythen Wirklichkeit werden könnten. Es mußte eine andere Erklärung geben. Das Mädchen setzte sich auf den Stuhl und beobachtete ihn beim Essen. Die Neugierde ließ ihn nicht los.

»Sie sind anders als die anderen. Wissen Sie warum?«

»Meine Mutter war von draußen. Als ich geboren war . . . kam sie in die Kiste. Dann gruben wir sie aus für's große Fressen. Alle waren sehr glücklich.«

Gerald stellte die halbleere Schüssel weg und wunderte sich nicht über die aufsteigende Übelkeit. Er begann, hastig zu sprechen. Seine Stimme überschlug sich bei dem vergeblichen Versuch, das Entsetzen zu vertreiben und bei Verstand zu bleiben.

»Das ist eine Art Spiel, nicht wahr? Wenn Sie meinen, daß ich das glauben soll, dann wäre der Alltag nichts als eine leuchtend schöne Tarnkappe für die Ausgeburten der Hölle.«

»Versteh' ich nicht.« Sie schüttelte den Kopf. »Manchmal kommen die Ältesten zum Tag des großen Fressens, und wir tanzen ums Feuer. Sie bringen Kisten mit.«

Ein kleiner Hoffnungsfunke glomm in ihm auf. »Wann kommt jemand! Denk nach!« Vor lauter Aufregung ging er zum vertraulichen »Du« über. Das junge Mädchen schien sich nicht daran zu stören. »Bitte, sag mir, wann ist der Tag des – großen Fressens?«

Ziellos schaute sie aus dem Fenster, und Gerald fragte sich, ob er das junge Ding verängstigt habe. Mit leiser Stimme antwortete sie: »Wenn das Nachtlicht ein großer Ball ist.«

»Großer Ball . . . Nachtlicht?« Sein Verstand spielte die Möglichkeiten der Worte durch und gelangte zu einem einfachen Ergebnis. »Vollmond! Wenn der Vollmond dort über der Kirche steht! Sag mir . . . wie heißt du?«

»Heißen?« Sie runzelte die Stirn und wurde plötzlich ganz unruhig. Gerald wußte, daß er sie nicht länger hinhalten konnte.

»Sie meinen, wie ich genannt werde? Luna.«

»Also, Luna, kannst du dich erinnern, wie diese Ältesten kommen? Sind sie zu Fuß?«

Sie kicherte. Es war das erste mädchenhafte Benehmen, das sie zeigte, und es schien ihm, als wären sie sich dadurch irgendwie menschlich nähergekommen. »Nein, die Ältesten kommen mit dem Automobil. Großes Automobil.«

Er lehnte sich zu ihr hinüber, und sie rückte nicht beiseite. »Noch etwas, Luna. Eine letzte Frage. Du sagtest, deine Mutter war eine Außenstehende? Eine Außenseiterin? Wie kam sie hierher? Mit den . . . Ältesten?«

Wieder das kindliche Kopfschütteln. »Nein, Papa sagt, sie ging in die Falle. Wie Kaninchen. Wie du und das Automobil. Die Falle fing nicht viele. Seit – zehn großen Fressen.«

»Luna, was werden sie mit mir machen?«

»Sie sagten, ich solle nicht viel mit dir reden.«

Sie stand auf, um zur Tür zu gehen. Da verlor er die Nerven, packte sie am Arm und brüllte sie von Entsetzen gepackt an: »Luna, sag mir . . . aus Barmherzigkeit . . . sag mir, was werden sie mit mir machen?«

Sie wand sich in seinen Armen, versuchte, sich freizukämpfen. Auch ihre Augen waren jetzt vor Entsetzen weit aufgerissen.

»Ich erzähle nichts . . . Papa schlägt mich.«

»Er wird es nie erfahren. Ich verspreche es. Aber ich muß es wissen. Bitte, sage es mir, und du kannst gehen.«

Luna beruhigte sich, beugte sich zu ihm und flüsterte, als ob die Wände Ohren hätten:

»Sie tragen ein Hemd wie meins, werden dann in eine Kiste gesteckt und beim großen Haus eingegraben . . . Und wenn das Nachtlicht rund ist, holen sie Sie 'raus . . . und dann gibt's ein großes Reißen und Fressen.«

Gerald ließ sie los, und sie schlüpfte zur Tür hinaus. Sie vergaß nicht, den Riegel vorzuschieben.

Verzweifelt blieb Gerald zurück. In seinem Kopf hämmerten die Worte: »Und dann gibt's ein großes Reißen und Fressen.«

Er ging zum Fenster und sah hinunter. Ein Sprung und er würde sechs Meter tief fallen. Aber die Bettlaken! Daraus könnte er sich eine Art Strick machen. Wenn er sich dann richtig anstrengte, würde er schon die Hauptstraße finden.

Jetzt fiel ihm wieder die Straßenkarte in seiner Jackentasche ein. Er studierte sie gründlich und versuchte, seinen Standort zu finden.

»Wo, zum Teufel, ist Luhgville?«

Vielleicht hatte man es verkehrt geschrieben. Er probierte verschiedene Buchstabenkombinationen durch. Zuletzt kam er auf das Anagramm. Das Ergebnis war *Ghul*. Luhgville gleich Ghulville. Ort der Ghule.

Wäre die Situation nicht so ernst gewesen, hätte Gerald aus vollem Herzen über den makabren Scherz gelacht und überlegt, was sich aus anderen Ortsnamen alles herauslesen ließ. Jetzt blieb ihm das Lachen im Hals stecken. Er mußte das Undenkbare akzeptieren. Er befand sich in den Klauen von Ghulen!

Die Bettlaken – oder Leichentücher – waren aus robustem Linnen. Hätte er nicht sein scharfes Taschenmesser gehabt, wäre ihm nie gelungen den Stoff in Streifen zu teilen. Ein Ende des improvisierten Seils befestigte er am Bettgestell, das er zum Fenster geschoben hatte. Dann hangelte er sich an den Laken hinaus. Er hatte sein Gewicht unterschätzt. Das Fußende des Bettes durchbrach krachend den Fensterrahmen und blieb darin hängen. Er zappelte in der Luft wie ein Fisch auf dem Trockenen. Vorsichtig kletterte er hinunter, erreichte den Boden und setzte zum Hundertmeterlauf an. Da erkannte er, daß seine Arbeit völlig umsonst war.

Sie kamen von beiden Seiten. Pyjamas, Nachthemden und Leichentücher mit in der Dämmerung schwach leuchtenden Gesichtern. Mindestens zwei Dutzend Gestalten schlurften auf ihn zu.

»Das war ein hübscher Trick«, stellte der Schmächtige fest.

»War ein toller Abgang durchs Fenster«, kommentierte der Grüne Pyjama.

»Schätze, er will wieder spaziergehen«, überlegte das Bettlaken.

»Habt ihr eine Idee, was wir mit ihm machen könnten?« erkundigte sich der Wirt.

»EINSARGEN!« schrillte eine Stimme in Hüfthöhe.

Der Vorschlag fand allgemein Zustimmung Das bißchen Courage, was Gerald noch geblieben war, schwand dahin, als ihn kalte, anscheinend knochenlose Hände griffen, ihn an Armen und Beinen packten und ins Gasthaus zurücktrugen. Seine Schreie lösten ein tiefes, kehliges Gelächter aus, und das Kind, das er mehr fürchtete als die übrigen, nutzte seine Hilflosigkeit gemein aus. Es knuffte ihn in die Rippen, brüllte in sein Ohr und biß ihn fest in den Zeigefinger.

Sie hoben ihn über die Theke und brachten ihn nach einem

letzten Handgemenge in den kleinen Raum hinter dem Vorhang. Alles war vorbereitet. Der alte Sarg war wohl schon häufiger benutzt worden. Er war brüchig und lehmverkrustet. Vorsichtig zogen sie Gerald aus. Seine kostbare Kleidung würde irgendeinen Pyjama, ein Nachtgewand oder ein Leichentuch ersetzen. Als er nackt war, versammelten sich alle um ihn herum und leckten sich die Lippen. Er war ihr ungeschmortes Bratenstück, mit Pellkartoffeln und Butterbohnen, der Plumpudding oder der Apfelkuchen – und sie hatten wirklich großen Hunger. Schon streckten sie ihre Klauen aus, bleckten ihre Zähne, da schrie Luna die rettenden Worte: *»Nicht reißen . . . er ist noch nicht tot.«*

Wie der Sarg hatte auch das Nachthemd schon bessere Tage gesehen. Fleckig und zerfetzt, aber es paßte. Sie fesselten ihn und legten ihn dann mit erstaunlicher Behutsamkeit in den Sarg. Das Essen war für den kalten Ofen vorbereitet.

Ehe sich der Sargdeckel schloß, blickte er noch einmal in die geifernden Gesichter, auf die gierigen Hände. Jemand fehlte. Wenn es noch Hoffnung gab, dann lag sie in zwei kornblumenblauen Augen, aus denen jetzt dicke Tränen auf weiße Wangen kullerten. Dann wurde es dunkel.

Zeit ist etwas Seltsames. Manchmal bringt sie Häßlichkeiten mit sich wie den abgeschabten, halb verfaulten Sarg. Aber die Zeit kann auch freundlich gesonnen sein und ein Gefängnis verrotten lassen. Durch Risse im morschen Holz des Sarges konnte Gerald atmen und – unglücklicherweise – auch hören.

»Beerdigen wir ihn gleich?«

»Ja, dann isser reif fürs große Fressen.«

»Ich steh auf Schenkel. Mager und saftig.«

»Ah, aber so'n Arm ist auch lecker.«

Die Stimme des Gastwirtes wurde energisch. »Grabt ihn erstmal ein. Wenn dann das Nachtlicht groß ist, fressen und reißen wir.«

Gerald spürte, wie er herausgetragen wurde. Der Sarg schrammte gegen die Haustür. Sie trugen ihn zum Kirchhof. Es gab keine Beerdigungszeremonie. Welche Hausfrau spricht ein Gebet, wenn sie die Steaks in die Pfanne gibt? Als die Ungeheuer eilig die Erde auf den Sarg schaufelten, war Gerald es, der das Beten lernte.

Er versuchte, sich mit seinem Schicksal abzufinden, aber er war zu jung zum Sterben. Er zog seine Knie an und stieß gegen den Sargdeckel. Das verrottete Holz gab nach. Niemand hatte das Splittern der alten Bretter bemerkt. Sie schaufelten immer noch. Dann wurde es ruhig. Die Beerdigung hatte mehr symbolischen Charakter. Schließlich wollten die, die ihn unter die Erde gebracht hatten, ihn bald wieder herausholen. Im übrigen waren die Ghule nicht an harte Arbeit gewöhnt. So fiel es Gerald nicht schwer, sich zu befreien. Verdreckt, schwitzend und mit zerkratztem Gesicht stieg Gerald Mansfield aus seinem Grab und schaute sich ängstlich im Kirchhof um. Der Mond, der bald eine runde Scheibe sein würde, beleuchtete die gotische Szene, die graue Kirche, die verwüsteten Grabsteine und die leeren Gräber. Wie durch ein Wunder war er dem Sarg entkommen, aber seine Lage blieb hoffnungslos.

Nachdem er sich mühsam aus dem Grab hochgewühlt hatte, ließ er sich seitlich auf den Boden rollen. Den Körper an die feuchte Erde gepreßt, sah er sich genauer um und entdeckte entsetzt eine weiße Gestalt, die aus Richtung der Grabsteine auf ihn zukam. Einer von ihnen kehrte zurück, um nach dem Grab zu schauen. Vielleicht hatten sie doch das Holz splittern gehört. Gerald begann in seiner Verzweiflung zu weinen.

Immer näher kamen die leichten Schritte. Kurz vor seinem zitternden Kopf machten sie halt. Eine leise Stimme sagte: »Da bist du ja schon. Fürchtete, du schaffst es nicht.«

Gerald wagte kaum, einen Blick nach oben zu werfen. Als er es doch tat, konnte er sein Glück kaum fassen. Neben ihm stand Luna, ein funkelndes Messer in der einen und einen Spaten in der anderen Hand. Als sie sich mit dem Messer über ihn beugte, zuckte er mit einem kleinen Schrei zurück. Ängstlich schaute sie sich um. »Keinen Lärm. Ich schneide dich los.«

Geschickt schnitt sie die Fesseln durch. Als der letzte Strick gefallen war, wagte Gerald nicht, sich zu erheben. Mit weit geöffneten Augen starrte er sie an. Luna hockte sich neben ihn und sah traurig ins Grab.

»Ich konnte sie das nicht tun lassen. Nicht mit dir. Diese fetten, alten Kerle, die wie Kaninchen quieken, ja. Aber du bist anders. Um dich tut es mir leid.«

Gerald setzte sich auf und empfand Mitleid mit diesem schönen Geschöpf, das weder zu den Monstern noch zu den Menschen gehörte. Aber die Furcht, der Wille zur Selbsterhaltung ließ keinen Raum für zärtliche Gefühle. Er konnte nur die einzig wichtige Frage stellen.

»Wo kann ich mich verstecken?«

Luna wies auf die mondbeschienene Kirche. »Im großen Haus. Sie gehen nicht 'rein, weil ihnen sonst übel wird. Sie fallen um, wenn sie hineingehen.«

Das alte graue Gemäuer war auf einmal zur Zuflucht der Verfolgten, zum Mekka der Gejagten geworden. Hier könnte neue Hoffnung entstehen. Er legte dem Mädchen seine Hand auf den Arm, und es sprang auf, als wäre sie ein Brandeisen.

»Kannst du hineingehen?«

Sie nickte. »Ja, ich bin anders. Papa sagt, ich bin ein Homgul. Ich habe Mutters Blut.«

»Wie lange muß ich dort bleiben?« wollte er wissen.

»Keine Ahnung. Ich bring was zu essen, wenn die anderen nicht aufpassen. Aber wir müssen vorsichtig sein.« Sie erschauerte und schaute furchtsam zum Gasthof hinüber. »Sie dürfen es nicht wissen. Sonst bekomme ich schrecklichen Ärger.«

»Ich werde jetzt in die Kirche gehen«, sagte er. »Und vielen Dank. Danke.«

Der Gedanke, sich mit einem kleinen Kuß für ihre Tapferkeit zu revanchieren, blitzte kurz bei ihm auf, verflüchtigte sich aber gleich wieder bei der Vorstellung all der Scheußlichkeiten, die über ihre Lippen gegangen sein mochten. So warf er ihr nur einen letzten Blick zu und ließ die verlorene weiße Gestalt wie einen Geist zwischen den umgestoßenen Grabsteinen stehen.

Die Zeit hatte eine dicke Staubdecke über Kirchenbänke, Fußboden und Altar gelegt. Riesige Spinnweben hingen vom Gebälk und den zerbrochenen Fenstern herab. Gerald erschrak bei dem Gezwitscher eines aufwachenden Vogels, der sein Nest irgendwo zwischen den Dachbalken hatte. Vorsichtig setzte er seine nackten Füße auf den staubigen Boden, immer ein neues Entsetzen befürchtend. Er begab sich in die Sakristei. Und dort wartete das Grauen mit einem neuen Gesicht.

Durch ein schlichtes Glasfenster, das wundersamerweise noch heil war, fiel das fahle Licht des Mondes auf einen schmalen Eichentisch und einen hohen Lehnsessel. Bekleidet mit einer schwarzen, staubigen Soutane saß dort ein grinsendes Skelett. Schrumpelige Hautfetzen hingen stellenweise an ihm herunter, und ein kümmerliches weißes Haarbüschel bedeckte seinen Schädel. Eine knochige Hand lag auf dem Tisch neben einem verstaubten Buch und einer altmodischen Schreibfeder.

Nachdem er sich von seinem Schock erholt hatte, gab Gerald sich einen Stoß und durchquerte die Sakristei, wobei er – ohne recht zu wissen weshalb – beim Tisch stehenblieb und das Buch an sich zog. Das Skelett schien zu nicken, und rutschte dann, erschüttert von der kleinen Bewegung, zur Seite, um mit ekelhaftem Geklapper auf dem staubigen Boden zu landen.

In einem unverschlossenen Schrank fand Gerald einige Kerzen, eine Schachtel Schwefelhölzer und etliche Soutanen. Er zündete die Kerzen an. Ein mottenzerfressenes Priestergewand wärmte seinen verfrorenen Körper. Er setzte sich an den Tisch und begann in dem Kirchenbuch zu lesen. Neben Taufen, Hochzeiten und Beerdigungen fand er schließlich, was er unbewußt gesucht hatte. Die Eintragung datierte vom 21. Juni 1872. Sie lautete:

»Sogar wenn ich jetzt schreibe, kann ich ihr Heulen hören. Allmächtiger Gott, wenn du noch lebst, gib deinem armer Diener die Kraft, das unvorstellbare Böse, dessen Zeuge ich bin, zu vernichten. Obschon es unwahrscheinlich ist, daß je andere Augen als die meinen diese Worte lesen werden. Kein Weg scheint hinaus- oder hineinzuführen. Ich habe versucht, das Dorf zu verlassen. Ich muß glauben, daß wir von Gott und den Menschen vergessen sind, und unsere Körper und Seelen dem Bösen ausgeliefert wurden.

Herr, erbarme dich unser, denn wir haben gesündigt und deine Wege verlassen. Amen.

Meine Herde war klein, nur fünfundfünfzig Seelen. Nun sind sie gegangen, und ich alter Mann lebe noch dank der Kraft dieses heiligen Gemäuers. Wir hätten den ersten vernichten, verbrennen und seine Asche in den Wind streuen sollen. Aber ich – es sei mir vergeben – hatte Mitleid mit der Kreatur, die auf einem Grabstein kauerte und unverständlich plapperte, weil sie dem Menschen so ähnlich war. Ich nahm sie in mein Haus, wusch und kleidete sie. Ich gewährte ihr ein weiches Lager. So lehrt die Heilige Schrift. Wo habe ich gefehlt, barmherziger Gott? Denn sollen wir nicht Gutes für Böses tun?

Dann eines Nachts bei Vollmond sah ich das Ungeheuer – im Kirchhof fressen. Moder an den Händen saß es auf einem Erdhaufen und nagte . . .

Wir verjagten es und riefen den Wachtmeister. Doch er glaubte uns nicht. Für das Verjagte kehrten zwölf zurück und tanzten um den Dorfwall. Seitdem kommt keine sterbliche Seele mehr hinein oder heraus.

Sollte jemand ihnen entkommen und dies lesen, sei er auf der Hut. Nimm das Kruzifix vom Altar – sie fürchten es –, und wenn der Vollmond einen Silberstreifen zwischen der dritten Bankreihe von der Kanzel und dem Seitenschiff malt, schreite hinaus. Halte das Kruzifix hoch und renne. Wenn dir deine Seele lieb ist, renne. Und wenn Gott will, kannst du die Barriere überwinden.

Das Heulen kommt näher . . . Oh, Herr . . .«

Gerald stand auf und lief zum Seitenschiff. Der Silberstreifen hatte die zweite Reihe erreicht. Morgen nacht – wenn der alte Pfarrer recht hatte –, morgen nacht würde seine letzte Chance kommen.

Trotz des grausigen Ortes fiel Gerald in einen traumlosen Schlaf. Er wurde von Sonnenstrahlen und Vogelgezwitscher geweckt.

Gerald fühlte sich steif, kalt und schrecklich hungrig. Er kletterte auf eine Bank und lugte aus einem leeren Fensterrahmen. Wann Luna wohl etwas zu essen brächte? In seinem Blickfeld lag der größte Teil des Kirchhofs und eine Seite des ›LUHG Inn‹. Es stärkte nicht gerade seine Moral, sein frisches Grab zu sehen. Er schätzte die Ghule nicht gerade als besonders intelligent ein, aber auch der Dümmste mußte erkennen, daß der Braten verschwunden war.

Wie zur Bestätigung rannte plötzlich das Kind aus dem Wirtshaus und lief über den Kirchhof. Es erreichte Geralds Einweg-Grab und tanzte vergnügt herum. Plötzlich hielt es inne und ließ sich auf allen vieren nieder. Es glich so einem bösartigen Hund, der den wohlbegründeten Verdacht hegt, sein saftiger Knochen sei gestohlen worden. Diese Vorstellung wurde noch verstärkt, als das Kind aufgeregt mit beiden Tatzen begann, die Erde vom Grab zu buddeln. Ein fleißiger Biber hätte keine bessere Arbeit leisten können. Gerald beobachtete, wie der Erdhaufen immer höher wurde und die Schultern des Kinders sich immer tiefer beugten, bis nur noch sein kleiner Hintern und die wackeligen Beine zu sehen waren. Unvermittelt sprang es auf, stieß ein langgezogenes Geheul aus und rannte über den Kirchhof zum Gasthaus.

Gerald mußte nicht lange warten. In Windeseile sammelte sich eine Gruppe wild gestikulierender, aufgebrachter Gestalten um sein Grab. Der Wirt konnte es gar nicht glauben. Er ließ sich in die verlassene Ruhestätte fallen und stocherte in der lockeren Erde herum. Als das Kind aufgeregt zur Kirche zeigte, kam Leben in die obskure Gesellschaft. Für Gerald wurde es Zeit. Er floh in die Sakristei, verriegelte die Tür und betete. Es blieb still in der Kirche. Sein Gebet war offenbar erhört worden. Er öffnete die Tür und ging in die Kirche zurück und warf einen Blick hinaus auf die sonnenbeschienene Straße.

Ohne Zweifel hatten die Ghule eine unüberwindliche Furcht vor der Kirche in ihrer unmittelbaren Nähe. Sie drückten sich an die Wand des Gasthauses, und niemand traute sich heran, als ihr Festmahl in der Kirchentür stand. Das brachte Gerald auf eine Idee. Beim Altar fand er ein riesiges Prozessionskreuz, von dem er rasch den Staub entfernte. Dann hielt er es in die Höhe und marschierte mit der gebotenen Feierlichkeit zum Portal. Sein erneutes Erscheinen wurde mit einem langgezogenem Heulen begrüßt. Hastig bedeckten die Ghule ihre Gesichter und eilten in ihr Wirtshaus zurück. Gerald, dessen einzige Beziehung zum Kreuz bislang in seinen Besuchen von Billy Kreuz' Pinte bestand, entschied, dieses Kreuz hier würde nicht mehr von seiner Seite weichen.

Etwa eine Stunde später hörte er Geschrei, und als er hinausschaute, sah er Luna mit einer eisernen Bratpfanne und einem Löffel bewaffnet aus dem Gasthaus kommen. Sie lief zur Kirche, verfolgt von ihrem Vater, der wütend einen Stock schwang. Die übrigen Ghule feuerten ihren Anführer von der Theke her an. Gerald erhob sein Kreuz und schwenkte es heftig hin und her. Der Verfolgten zum Nutzen, dem Verfolger zum Schaden. Der Wirt taumelte und litt plötzlich offenbar große Qualen. Er schrie auf, als Gerald das Kreuz drohend hochhielt. Luna betrat die Kirche, während ihr Vater zu den Ghuls zurückkehrte.

Sie stellte die Pfanne auf die erste Kirchenbank und setzte sich. Mit verweinten Augen schaute sie Gerald an, der sich mehr für das dampfende Stew interessierte.

»Papa hat mich geschlagen, weil sie sagten, daß ich dich losgeschnitten hätte. Da schnappte ich mir das Stew und kam her. Ich geh' nicht zurück.«

»Du Arme.« Sehnsüchtig schaute Gerald auf die Pfanne. »Tut mir leid, daß ich dir Schwierigkeiten bereite. Ist das wieder – Kaninchen-Stew?«

»Nein, Kleingetier und Vögel.«

»Oh!«

»Es wird großen Ärger geben, weil ich es genommen habe.«

»Ja, bestimmt.« Der Hunger besiegte den Ekel. »Wir dürfen es nicht kalt werden lassen. Hast du Hunger?«

Luna schüttelte den Kopf. »Ich habe heute morgen gegessen. Für dich.«

Gerald nahm den Löffel und, statt zärtliche Dankbarkeit für ihre aufopfernde Hingabe zu empfinden, ärgerte sich, daß sie nichts zu Trinken mitgebracht hatte. Als sein Hunger gestillt war, betrachtete er Luna besorgt.

»Hat er dich . . . geschlagen?«

Tränen rannen über ihr schönes Gesicht, und Gerald wunderte sich, daß – was war sie noch? – Homghule wie normale Menschen weinen konnten.

»Du brauchst dich deshalb nicht zu sorgen, ob Schläge oder nicht. Ich bin nur ein Tier, das Fesseln zerschneidet und Essen bringt. Du gehst, und Luna bleibt hier. Egal, was passiert.«

Das kam der Wahrheit sehr nahe. Sein Gewissen regte sich, und freundlich meinte Gerald: »Du kommst mit. Ein hübsches Mädchen wie du gehört nicht hierher. Du solltest hübsche Kleider von Marks & Spencers tragen und niedliche Schuhe. Fernsehen, ins Kino gehen, und was es sonst alles gibt.«

In kindlicher Freude hüpfte sie auf und ab. Gerald fragte sich sarkastisch, wie die hiesigen Monster im Vergleich zu denen abschnitten, die sie draußen kennenlernen würde.

»Sie nehmen mich wirklich mit? Ich mache, was Sie wollen. Auch U-Bahn fahren?«

»Du liebe Zeit, was weißt du davon?«

»Die Ältesten sagen, da gibt's viel zu essen, in der U-Bahn.«

Gerald konnte sich über diese Bemerkung keine weiteren Gedanken machen, denn ein Stein flog durch die offene Tür und zerschmetterte das Holz einer Kirchenbank. Ein weiterer zerschlug eine Fensterscheibe. Gebückt kroch Gerald mit Luna, die er um die Taille gefaßt hielt, in die Sakristei und riegelte hinter sich zu. Dann schaute er Luna an.

»Wie lange wird das dauern?«

»Nicht lange. Sie mögen keine Anstrengungen und sind bald müde. Sie warten auf die Ältesten zum großen Fressen. Die Ältesten mögen uns nicht. Sie sind sehr weise. Die Ältesten lassen uns nicht fliehen. Sie töten mit dem großen Donner.«

»Fabelhaft.« Gerald grinste böse. »Das fehlt mir noch. Ghule mit Gewehren. Nun, das Steinwerfen ist wohl vorüber. Laß uns etwas schlafen, damit wir Kräfte für das große Rennen sammeln können.

Sie kicherte und sah ihn unter ihren langen Wimpern schüchtern an.

»Du redest so komisch. Viele Worte verstehe ich nicht. Aber ich tue alles. Du sagst schlafen – Luna schläft. Du sagst rennen – Luna rennt.«

»Braves Mädchen. Irgendwie werden wir schon rauskommen.«

Ihre Hingabe, ihr Glaube an ihn, ihre Gehorsamkeit waren irgendwie rührend. Kaum hatte sie sich in eine staubige Ecke gekauert, da fiel sie schon in einen tiefen Schlaf. Gerald betrachtete sie eine Weile und fragte sich, wie sie wohl in seiner alltäglichen Welt zurechtkäme, wo die einzigen Ghule, die er kannte, Grundstücksspekulanten waren. Ein Stein flog polternd durch die Kirche und erinnerte ihn daran, daß nur die unmittelbare Zukunft zählte.

Langsam verging der Tag, und ein neues Problem tauchte auf. Was, wenn diese Nacht kein Mond schien, und sie den geeigneten Zeitpunkt zur Flucht verpassen würden? Besorgt schaute Gerald aus dem kleinen Sakristeifenster. Soweit er sehen konnte, war keine Wolke am Himmel, aber bis zu dem Augenblick, wo der Lichtstrahl zwischen die dritte Kirchenreihe beim Seitenschiff fiel, waren noch fast neun Stunden. Und die Ghule. Würden sie ihr Festessen einfach so entkommen lassen? Wie schnell konnten sie laufen, wenn es darauf ankam? Ein wohlgezielter Steinhagel konnte seiner Flucht ein schnelles Ende bereiten. Er würde sehr schnell sein müssen. Und das mit einem schwachen Mädchen. Schon überlegte er, ob er sie nicht doch zurücklassen sollte. Doch dann erinnerte er sich an ihre Hilfe, ohne die er jetzt gar nicht seine Fluchtchancen hätte kalkulieren können. Koste es, was es wolle, sie würden zusammen weglaufen.

Bald schlief auch er ein. Als er erwachte, war es dunkel. Auf einer Seite des Kirchhofs loderte ein riesiges Feuer.

Immer wieder wurden trockene Holzscheite ins Feuer geworfen. Eine bunte Ansammlung von Tischen und Stühlen war um die züngelnden Flammen herumgestellt worden. So entstand eine Festtafel unter freiem Himmel – Gerald machte sich nichts vor –, die bedeutsam für die kommenden Ereignisse sein würde.

Beunruhigt sah er zum Himmel hinauf. Dicke Wolkenbänke streiften den Mond wie Geisterhände, so daß sein silbriger Schein ab und zu wie weggewischt schien. Dann nahm das Freudenfeuer einen intensiveren unheilvollen Schein an, und die herumhuschenden Gestalten warfen lange, tanzende Schatten auf die Grabsteine. Gerald stieg von der Bank herunter und rüttelte Luna sanft an der Schulter. »Luna, wach auf. Es wird Zeit zum Aufbruch.«

Wie ein junges Tier erwachte sie sofort und sah zu ihm auf. Im

Halbdunkel war ihr Gesicht nur ein weißer verschwommener Fleck. »Laufen wir jetzt?«

Die Frage kam in dem gewohnt heiseren Ton ohne eine Spur von Zweifel oder Furcht. Wieder fühlte er sich irritiert durch ihren festen Glauben an seine Fähigkeit, sie beide aus dieser teuflischen Gefahr zu befreien. Hinzu kam ein wenig Mitleid, als er sie an ihren ausgestreckten Händen emporzog.

»Ich denke ja. Schau, sie haben ein großes Feuer entfacht, und ich habe viele Stühle und Tische gesehen. Hast du eine Ahnung, wie lange es noch dauert, bis etwas passiert?«

Luna kletterte auf die Bank und warf einen Blick hinaus. Wie jung sie aussah! Sie kam wieder herunter und sah ihn mit schräg gehaltenem Kopf an.

»Noch nicht. Sie müssen sich erst im Fluß waschen und neue Sachen anziehen. Die Ältesten wollen uns sauber sehen.«

Gerald nickte zustimmend und entschied, daß die Ältesten zwar Monster sein mochten, aber immerhin penible Monster.

»Wir müssen in die Kirche gehen – großes Haus«, erklärte er. »Wenn dann die Zeit reif ist, laufen wir hinaus.«

Sie nickte und wartete, bis er die Tür zum Kirchenschiff geöffnet hatte, das zu Geralds Entsetzen in totaler Finsternis lag.

»Wenn der Mond – das große Nachtlicht – durch das Fenster dorthin fällt«, er wies auf die dritte Bankreihe, »dann müssen wir rennen. Aber die Wolken verdecken den Mond.«

»Dann gehen wir jetzt.«

»Nein, wenn der Weg noch nicht offen ist, werden sie uns abfangen. Aber wenn der Mond nicht bald herauskommt, muß ich die Zeit abschätzen und das Beste hoffen.«

Sie warteten und lauschten dem heulenden Chor, der zum Fest zu gehören schien. Ein Stein flog durch die Kirchentür, war aber wohl mehr aus Übermut als aus Feindseligkeit geworfen worden.

»Ich fürchte mich nicht.« Luna versuchte, ihn zu trösten. »Wir rennen schnell und kommen durch.«

Er unterdrückte seine Zweifel und klopfte ihr aufmunternd auf die Schulter. »Das ist die richtige Einstellung. Du mußt an all das Schöne denken, das wir erleben werden, wenn wir hier raus sind.«

In diesem Moment tauchte der Mond hinter einer ziehenden Wolke auf. Sein Schein glitt über die Kanzel, berührte die Stufe und hielt bei der dritten Reihe an.

»Das nenne ich ein Wunder. Wo ist das verdammte Kreuz?«

Er tapste im Halbdunkel herum und stolperte schließlich über das geweihte Holz. Er hob es auf und flüsterte seine letzten Anweisungen.

»Bleib nah bei mir. Du darfst nicht zurückbleiben. Kannst du schnell laufen?«

»Wie Kaninchen, wenn Papa sie jagt«, erklärte sie, und Gerald stöhnte.

»Ich hoffentlich auch. Fertig?«

»Du sagst rennen – ich renne.«

Sie gingen zum Portal. Die Ghule hatten nicht versäumt, vier Posten beim Wirtshaus gegenüber der Kirche zurückzulassen. Gerald erhob sein Kreuz und schrie: »Renn!«

Sie liefen ins Mondlicht hinaus. Die Wachen schlugen Alarm. Gerald und das Mädchen rannten am Luhg Inn vorbei, durch die Straße mit den bedrohlich wirkenden Häusern hinüber zu den mit Gestrüpp bewachsenen Wiesen, die zu den sanften Hügeln führten. Sie liefen Schulter an Schulter, als müßten sie alles niederrennen, was sich ihnen in den Weg stellte. Plötzlich traf ihn ein Stein an der rechten Schulter. Der Schmerz war qualvoll, aber erträglich und von einer gnädigen Empfindungslosigkeit seines rechten Armes begleitet. Das Prozessionskreuz entglitt seiner Hand. Ein triumphierendes Geheul kündete die Siegesfreude der Meute an. Gerald war fast völlig erschöpft. Sich zu ergeben erschien ihm sinnvoller, als sich weiter mit schmerzenden Lungen, ausgedörrter Kehle und blutigen nackten Füßen zu quälen. Aber Luna faßte ihn am Arm.

»Nicht haltmachen. Wir sind da. Sehen Sie.«

Noch ehe sie es ausgesprochen hatte, sah er die andere Straße. Neben der gewundenen Straße, die wieder zum Dorf zurückführte, schimmerte eine breitere Landstraße durch den Nebel. Die Begriffe *Fremdsuggestion* und *Hypnose* kamen ihm in den

Sinn. Mit frischer Kraft hetzte er zu der Brücke, die das Phantastische vom Alltäglichen trennt. Nur wenn der Vollmond eine bestimmte Position einnimmt, kann man sie für kurze Zeit sehen.

Die Brücke war fast erreicht, als das Rudel jagender Ghule erneut Steine nach ihrer flüchtenden Beute warf. Ein Geschoß traf sein Ziel. Gerald hörte einen dumpfen Schlag und fühlte, wie Lunas Hand aus der seinen glitt, als das Mädchen zu Boden stürzte. Sein Instinkt sagte ihm, daß er sie liegenlassen und weiterlaufen müsse, solange er hinter dem im Mondlicht wallenden Nebel sicher war. Aber ein ihm bislang unbekanntes Gefühl ließ ihn innehalten. Er zerrte sie durch die silbrigen Nebelschwaden zu der Straße, die seine Freiheit bedeutete. Sie unterschied sich in keiner Weise von Millionen anderer Straßen in England, aber irgend etwas machte es der weißgesichtigen Meute unmöglich, ihnen hierher zu folgen.

Vorsichtig legte er Luna auf den mit Gras bewachsenen Randstreifen und strich ihr zart das wirre Haar aus der Stirn. Sie lächelte ihn an und preßte seine Hand an ihre Wange.

»Ich bin verletzt. Gebrochener Rücken wie die Kaninchen, die Papa schießt. Ich sterbe bald. Nie werde ich Kleider von . . .«

»Marks & Spencers«, fiel er prompt ein und verfluchte sich wegen dieser blöden, gefühllosen Reaktion.

»Es ist besser so. Ich wäre doch nichts anderes als ein Tier . . .«

»Nein!« Mit einem Schrei leugnete er den Vorwurf, von dem er wußte, daß er nicht ganz falsch war. »Ich habe nie so von dir gedacht. Ich . . . ich . . .«

Sie zog seine Hand an ihre Lippen und küßte sie zärtlich. »Magst du deinen kleinen Homghul ein bißchen. Nur ein kleines, kleines . . .«

»Sehr. Ich mag . . . ich liebe dich.«

Zum letztenmal wurde ihr Gesicht von einem fröhlichen Lächeln erhellt, und sie küßte seine Fingerspitzen, während der junge Mann einen unwillkürlichen Schauder unterdrückte.

»Homghul . . . halb und halb . . . aber eine Hälfte gehört . . . dir.«

Das letzte Wort endete mit einem Seufzer, und Gerald befreite seine Hand aus dem nun schlaffen Griff und schloß die starren Augen. Dann erinnerte er sich, daß er noch nicht außer Gefahr war, und marschierte rasch davon.

Am Straßenrand ruhte Luna als trauriger Beweis dafür, daß Öl nicht mit dem Feuer spielen sollte.

*

Nachdem er etwa eine Stunde gewandert war, hörte er in der Ferne Verkehrslärm. Voller Freude lief er in die diese Richtung. Tränen rannen über sein Gesicht. Endlich erreichte er eine Autobahn. Er war frei. »Frei! Frei!« Jugendliche auf Motorrädern pfiffen ihm hinterher und hielten ihn für betrunken. Und das war er auch, trunken vor Lebensfreude.

So rannte und hüpfte er die Straße englang, als seine Freude vom Anblick zweier parkender Fahrzeuge gekrönt wurde. Das eine war ein stattlicher, teurer Rolls Royce – dreifach gesegnet sei der Name –, und das andere war ein geräumiger schwarzer Lieferwagen. Als er näher kam, konnte er sieben Leute zählen, die sich um den Rolls geschart hatten. Sie wirkten sehr aufgeregt.

»Godfrey, wie lange brauchst du noch?« erkundigte sich eine hübsche junge Dame im Pelzmantel. »Wir sind spät dran.«

Ein hochgewachsener Mann im schwarzen Mantel und mit einem weißen Halstuch schloß die Motorhaube und wischte sich die Hände an einem seidenen Taschentuch ab.

»Schon erledigt. Die Zündkerzen waren schuld. Wenn ihr einsteigt, können wir losfahren.«

Gerald, der inzwischen die nächtlichen Reisenden erreicht hatte, machte sich bemerkbar.

»Verzeihung. Könnten Sie mich vielleicht ein Stück mitnehmen?«

Godfrey flog herum und betrachtete die abgerissene Gestalt mit belustigter Überraschung.

»Schau an, ein zerlumpter Priester. Hatten Sie einen Unfall oder tun Sie Buße?«

»So eine Art Unfall. Ich muß es so bald wie möglich den Behörden melden. Ich bin kein Priester. Es war . . .«

Godfrey runzelte ungeduldig die Stirn. »Nun, wir machen so was wie einen Vereinsausflug und haben uns verspätet. Ich schlage vor, Sie steigen ein, und wir nehmen Sie bis zum Ende der Autobahn mit.«

So kam Gerald zwischen der schönen Daphne und Godfrey vorne zu sitzen, während drei elegant gekleidete Männer im Fond des Wagens Platz nahmen. Die zwei anderen stiegen in den Lieferwagen.

»Schauen Sie, Sie werden es nicht glauben«, durchbrach Geralds Stimme die Stille, »aber ich hatte wirklich keinen Unfall. Ich verirrte mich und landete in einem verhexten Dorf.«

Er fragte sich, ob man ihm überhaupt zuhörte, denn bis auf das Schnurren des Motors herrschte absolute Ruhe.

»Ein scheußlicher Ort. Bewohnt von – Sie werden mich für verrückt halten – bewohnt von Ghulen.«

Godfrey äußerte sich: »Was Sie nicht sagen!«

»Ja! Ich verstehe, daß Sie mir nicht glauben. Hätte mir jemand gestern erzählt, daß man lebendig eingegraben und dann zum – sie nennen es das große Fressen – wieder ausgegraben wird . . .«

Godfrey nickte leicht, als sei er zu einem plötzlichen Entschluß gekommen, und lenkte den Wagen in eine Seitenstraße. Es war die, von der Gerald gerade gekommen war.

»Sie haben die Autobahn verlassen.«

Godfrey schaute in den Seitenspiegel. »Ich glaube, Sie haben recht.«

Ein schrecklicher Verdacht drängte sich auf und wurde schließlich zur Gewißheit. Geralds Frage war ziemlich überflüssig.

»Sie sind doch nicht . . .?«

Godfrey nickte. »Doch, wir sind. Die netten, guten Verwandten aus der Stadt statten den armen Teufeln auf dem Land einen Besuch ab. Das ist wohl nicht Ihre glücklichste Nacht, oder?«

Gerald wollte sich freikämpfen. Godfrey lächelte.

»Daphne, Liebes, hast du nicht einen Revolver in deiner Handtasche?«

»Doch, Godfrey.«

»Dann sei ein liebes Kind und stoß sie diesem Blindgänger in die Rippen. Er könnte sonst was kaputtmachen.«

Daphne gehorchte, und Gerald begann zu weinen wie ein ängstliches Kind.

»Reißen Sie sich zusammen«, herrschte Godfrey ihn an. »Immerhin kehren Sie stilvoll zurück. Ich kann gar nicht erwarten, ihre schlichten, ehrlichen Gesichter zu sehen, wenn Sie ins Mondlicht treten. Ich habe immer gefunden, daß es sich auszahlt, das einfache Volk ein wenig zu verwöhnen, solange man es nicht übertreibt.«

Daphne befühlte Geralds Arm. »Wenn er etwas mehr Zeit zum Reifen haben würde, wäre es ein Hochgenuß, ihn zu zerreißen.«

Draußen zogen die Hecken vorüber, und der Mond lächelte gütig auf die schlafenden Felder und die murmelnden Bäume hinab. Zärtlich strich er über Lunas Gesicht, wie sie so ruhig und still am Straßenrand lag, und malte einen silbrigen Schein auf ihr windzerzaustes Haar.

Drittes Zwischenspiel

Der Ghul legte das Manuskript nieder, nahm seine Brille ab und schaute in die Runde. Eramus und der Wervamp schliefen, der kleine Vamgul hatte fleißig seine Drinks gemixt und trällerte jetzt vor sich hin:

Gib mir Blut, laß mich Fleisch genießen,
Laß mich nagen an verfaulten Füßen,
Und ich bleib' die Nacht bei dir.

Donald, der von der Erzählung fasziniert und schockiert zugleich war, blickte besorgt auf seine Armbanduhr und verkündete etwas zu laut: »Nun, das *war* ein gelungener Abend! Morgen muß ich wieder früh aufstehen.« Sofort waren alle wach. Ihr einhelliges Protestgeschrei verunsicherte Donald.

»Sie können doch jetzt noch nicht gehen«, warf Eramus ihm vor.

»Ich will nichts gehört haben«, stellte Manfred, der Wervamp, fest.

»Wir müßten annehmen, daß Sie unsere Gastfreundschaft nicht schätzen«, erklärte der Ghul betroffen.

»Oh, das dürfen Sie nicht denken. Selten habe ich mich so amüsiert«, protestierte Donald.

»Es ist noch früh am Abend«, mischte sich der Mock ein. »Die Film-Show wird gleich beginnen.«

»Was läuft denn heute?« erkundigte sich der Ghul.

»Der Shadmock«, antwortete Maurice, der Mock. »Regie führt der neue Stern am Filmhimmel, Vinke Rocnnor.«

»Oh, haben Sie seinen letzten Film gesehen? *Hinter dem Grabstein?«* schwärmte der Ghul.

»Ich«, meldete sich ein Vampir einfacher Herkunft zu Wort. »Aber ich mache mir nichts aus Filmen, die in der Unterschicht spielen. Was kümmert es unsereins schon, ob ein Shadmock bloß pfeifen kann? Wenn einer von diesen Typen um meine Tochter herumscharwänzelte, würde ich ihm schon die Pfeifentöne beibringen.«

»Mich kümmert es«, erregte sich der Mock. »Wenn eines Tages Satans Wille geschieht, werde ich einen Sprößling haben, der ein Shadmock sein wird. Und für mich und seine Mutter wird es nichts Schöneres geben als sein erstes kleines Pfeifen.«

»Gentlemen«, donnerte die Stimme des Ghul durch den Saal, »ich glaube, es ist Zeit, in den Vorführraum zu gehen.«

Alle strömten hinaus, und Donald fand sich eingezwängt zwischen Eramus und Manfred auf dem Weg ins Kino. Sie kamen gerade rechtzeitig zur Werbung.

»Statten Sie Carlos Delikatessengeschäft einen Besuch ab!« wurden sie aufgefordert. Dazu zeigte man ein Bild mit höchst zweifelhaften Fleischplatten.

Mit dem Streamcorp Restaurant, Spezialität Flußleichen, ging es weiter. Schließlich kam die Vorankündigung für die nächste Woche. *Blutige Herzen.* Eine vornehme Vampir-Lady verliebte sich in den Friedhofsgärtner, der ein schlichter Ghul war. Es gab fürchterliche Verwicklungen, weil ihr Vater gegen die Verbindung war, bis der Ghul schließlich mannhaft feststellte: »Sie schlürfen, Sir. Ich reiße. Aber wir gehen beide der Sache bis auf den Knochen.«

Das Licht ging wieder an. Bei einem hübschen Vampir-Mädchen konnte man Eiscreme kaufen.

»Ich hoffe nur«, sagte der Ghul zu Manfred gebeugt, »daß sie nicht so was Modernes bringen. Keine nackten Knochen und so. Sondern was Ordentliches mit Monstern und Menschen, wo das Böse siegt.« Die Lichter gingen wieder aus, und die Vorhänge vor der Leinwand wurden beiseite gezogen. Die Gespräche verstummten.

KNOCHEN-Film
präsentiert
DER SCHUFTMOCK
in den Hauptrollen
Clark Saugans und Helen Fraß

Donald gähnte und wäre eingeschlafen, hätten ihn nicht die laute Filmmusik und Manfreds Rippenstoß hochgerissen. Auf der Leinwand fuhr ein Auto über eine einsame Landstraße . . .

Der Shadmock

Ein Auto fuhr eine einsame Landstraße entlang.

Der Wagen konnte nur einem Menschen gehören, der mit irdischen Gütern reich gesegnet war und das auch zeigen wollte. Das Fahrzeug war von der Firma Rolls Royce in einem schwachen Moment entworfen worden. Es war hellrot mit blauen Chromscheinwerfern und einer nackten Messing-Lady auf dem Kühler. Das Wageninnere verschönerten gelbe Ledersitze und ein bombastisches Amaturenbrett. Es roch nach dem würzigen Aroma einer teuren Zigarre und Aftershave-Lotion.

Der Mann hinter dem Steuer gehörte zu jenen stromlinienförmigen Wölfen, die in klimatisierten Chefetagen lauern und mit ihrer von Napoleon-Brandy heiseren Stimme herumbrüllen. Er war hochgewachsen und hatte ein kräftiges, brutales Gesicht, das durch ein Paar blauer Augen erhellt wurde, sowie eisengraues Haar. Sein schock-blauer Anzug, das rote Hemd und die grüne Krawatte wirkten etwas aufdringlich.

Die Blondine an seiner Seite war von der zerbrechlichen Schönheit einer Puppe. Das kunstvoll gelockte Haar hielt jeden davon ab, es in Unordnung zu bringen, und der rotgemalte, unzufriedene Mund verteilte nur exklusive Küsse. Ihr grünes Kleid und der locker übergeworfene Nerzmantel waren ein gekonnter Kompromiß zwischen Lässigkeit und gutem Geschmack.

»Warum, zum Teufel, mußt du dir noch einen Wohnsitz zulegen? Wir haben so viele Häuser, daß wir gar nicht wissen, was wir damit anfangen sollen.«

Der Mann grunzte und schaltete die Scheinwerfer an, da die ersten Schatten der Nacht sich über die Landschaft senkten.

»Sheridan«, die zerbrechliche, kühle Stimme wurde schrill, »ich wünschte, du würdest mir gelegentlich eine vernünftige Antwort geben! Ich bin keiner deiner Laufburschen.«

»Caroline, du sprichst am besten mit deinem Körper. Wenn du den Mund aufmachst, sagst du selten etwas, dem zuzuhören sich lohnt, geschweige denn zu antworten.«

Caroline runzelte die Stirn, und ihre haselnußbraunen Augen verengten sich.

»Du schleppst mich in ein Nest namens Wittering . . .«

»Withering«, korrigierte Sheridan Croxley. »Vielleicht entsinnst du dich, daß ich dort geboren wurde. Als Sohn eines Kuhhirten und einer Küchenmagd. Meine Eltern arbeiteten auf dem Withering Gut. Jetzt habe ich es gekauft. Reicht das?«

»Ja.« Die Blondine lachte spöttisch. »Das ist dein Manko, und das willst du loswerden. Gutsherr, wo dein Vater Kuhmist geschaufelt hat. Ich hätte es wissen sollen.«

Der graue Kopf flog herum, und die blauen Augen sahen sie durchbohrend an, aber sie lachte ihn aus.

»Schlägst du mich jetzt, oder hältst du erst das Auto an?«

Sheridan richtete seinen starren Blick auf die Straße. Seine Hände verkrampften sich am Lenkrad.

Dunkelheit hatte den Tag verdrängt, als der große Wagen durch die Doppelreihe kleiner, geduckter Häuser fuhr, die das Herz von Withering bildeten, und in eine Allee einbog, die von einem massiven Eisentor versperrt wurde. Sheridan drückte auf die Hupe und wurde durch das Erscheinen einer gebeugten Gestalt belohnt, die aus einem Häuschen am Straßenrand hinter dem Gitter hervorkam. Im Scheinwerferlicht sah Caroline die grobschlächtigen Umrisse und das bärtige, scheußliche Gesicht.

»Was für ein häßliches Geschöpf«, meinte sie. »Ich hoffe wirklich, daß du ihn schnell los wirst.«

»Du wirst feststellen, daß es hier unten sehr schwierig ist, Dienstboten zu bekommen – fast unmöglich. Man muß nehmen, was man kriegt.« Er kurbelte das Seitenfenster herunter und lehnte sich hinaus. »Ich bin der neue Besitzer. Los, mach auf und laß uns endlich rein.«

Der Mann nickte, und die langen weißen Haare schüttelten sich wie ein bleiches Schlangenest. Dann öffnete er seinen zahnlosen Mund zu einem Grinsen, das Caroline nicht recht passend für einen Dienstboten fand.

»Mach schon. Öffne das Tor!« brüllte Sheridan.

Die groteske Gestalt nickte abermals und entriegelte das Tor mit großen, klauenartigen Händen. Mit einem rostigen Quietschen schwangen die Torflügel zur Seite.

»Scheint die Kraft eines Elefanten zu haben«, murmelte Sheridan beim Anfahren. »Mit ihm am Tor muß man sich wenigstens keine Gedanken um ungebetene Gäste machen.«

Caroline drehte sich zu der furchteinflößenden Gestalt um. »Auf mich hat er ebenfalls eine abschreckende Wirkung. Ganz ehrlich, Liebster, wenn der Rest der Mannschaft genauso ist, kehre ich noch heute nacht in die Stadt zurück.«

»Du wirst nichts dergleichen tun«, schnauzte Sheridan, »wenn Leute ihren Job vernünftig erledigen, schere ich mich nicht einen Dreck um ihr Aussehen.«

Sie fuhren die Allee entlang. Einmal tauchte ein rotäugiges Kaninchen im Scheinwerferlicht auf und verschwand erschreckt im Straßengraben. Die Straße führte zu einem ungepflegten Rasen, der sich wie ein Teppich vor dem Herrschaftshaus ausbreitete. Das Anwesen war offensichtlich ein Altes Farmhaus gewesen, ehe sich im Laufe der Jahre Türmchen, Seitenflügel und Erker zu einem stattlichen Gebäude zusammengefügt hatten. Sheridan parkte seinen Wagen vor der großzügigen Veranda, stieg aus und sah sich zufrieden um.

»Was hältst du davon?« fragte er Caroline, die sich zu ihm gesellt hatte.

»Nirgendwo brennt Licht«, beschwerte sie sich. »Es sieht furchtbar verlassen aus.«

»Teufel, was hast du erwartet? Nur drei von ihnen sind hier. Mutter, Vater und Sohn. Aber sie halten alles tip-top. Wahrscheinlich sind sie hinten in der Küche.«

Kaum hatte er den Satz beendet, als sich die schweren Doppeltüren öffneten und den Blick auf eine hell erleuchtete Halle freigaben. Vor ihnen verneigte sich ein Mann im schwarzen Anzug, während Sheridan Croxley Einzug in seinen neuen Besitz hielt.

»Sie sind auf Zack, Grantley«, lobte er großzügig. »Wir sind eben angekommen.«

»Ich habe gute Ohren, Sir.«

Caroline dachte, daß er mit seinen riesigen Fleischlappen das Gras wachsen hören müßte. Wie monströse hängende Flügel standen die Ohren beiderseits des Kopfes ab. Das hochgekämmte dichte Haar konnte sie nicht verbergen. Das Gesicht war totenblaß. Die Augen glänzten wie schwarzes Ebenholz. Wenn er lächelte – eine respektvolle Grimasse –, zeigte er zwischen seinen dünnen Lippen zwei stattliche Reihen gelber Zähne. Trotz seines abstoßenden Äußeren war er auf eine unwirkliche, alptraumhafte Weise nicht häßlich.

Er schenkte Caroline einen kurzen Blick und murmelte mit heiserer Stimme: »Guten Abend, Madam. Darf ich Sie in Haus Withering willkommen heißen?«

Sie nickte. Als sie die weiträumige, eichengetäfelte Halle betraten, klatschte er in seine Hände, und eine mit grünem Brokat bespannte Tür öffnete sich. Zwei Personen kamen herein.

»Darf ich Ihnen meine Frau vorstellen?« erklärte Grantley, »die die Aufgaben der Haushälterin und Köchin wahrnimmt?«

Mrs. Grantley besaß alle Vorzüge einer schönen Frau – und etwas mehr. Sie war groß, dunkelhaarig mit glänzenden braunen Augen, und ihre Figur hätte mit ihren weichen Formen jeden Mann erregt. Aber es war das zusätzliche ›Extra‹, das Carolines überraschten Schrei auslöste. Mrs. Grantley hatte einen imposanten Bart. Er begann mit einem Schnäuzer und reichte bis über den sanft gerundeten Busen hinab.

»Ich werde mich bemühen, Sie zufriedenzustellen, Madam.«

Caroline war sprachlos und starrte nur auf das kuriose Anhängsel ihrer Haushälterin, wobei sie ungläubig den Kopf schüttelte.

»Frauen ihres Schlags dürfen sich nicht rasieren«, erklärte der Butler nachsichtig. »Das ist mein Sohn.« Er bedeutete einem jungen Mann vorzutreten. »Marvin taugt als Kammerdiener, erledigt aber auch alles, was sonst noch in Haus und Garten anfällt.«

Carolines Blick wanderte vom Vater zur Mutter, dann zum Sohn, der vor seinen Eltern stand. Etwas wie uneingeschränkte Bewunderung war in ihren Augen zu lesen. Er sah hübsch aus – nein, das traf es nicht –, er war schön. Kein anderes Wort wurde den ebenmäßigen, bleichen Gesichtszügen, den wundervollen tiefblauen Augen, den langen, blonden Haaren, den weißen, gleichmäßigen Zähnen gerecht. Und sein muskulöser, schlanker

Körper! Nichts Weibliches lag in dem schönen Gesicht. Im Gegenteil, Caroline spürte eine animalische Anziehungskraft, die sie die seltsamen Eltern und ihren Ehemann vergessen ließ, der sie mit hämischem Lächeln beobachtete.

»Ich denke, Mrs. Grantley wartet auf deine Anweisungen fürs Abendessen.«

»Oh, ist es schon soweit?« Sie konnte sich kaum von dem makellosen Gesicht losreißen.

Grantley war der perfekte Butler.

»Wäre es Ihnen um acht recht, Madam?«

»Ja, das wäre . . . fein.«

»Gestatten Sie mir, daß ich Ihnen Ihr Zimmer zeige.«

»Sie haben sicher viel Arbeit hier. Das Haus ist viel zu groß für drei Leute«, bemühte sie sich, mit dem seltsamen Verwalter ins Gespräch zu kommen, als Grantley sie die Treppe hinaufführte.

»Wir schaffen das schon, Madam. Es ist nur eine Frage der Organisation. Mein Vater kommt jeden Tag vorbei, um bei den schweren Arbeiten zu helfen.«

»Er ist sicherlich schon zu alt . . .«

»Er ist sehr stark, Madam«, meinte Grantley beflissen, und öffnete eine Tür, trat beiseite und ließ sie eintreten. »Das Blaue Zimmer. Ich glaube, Sie haben eine Vorliebe für diesen Stil, Sir.«

»Ja, das ist hübsch.« Sheridan durchschritt den Raum und sah sich befriedigt um. »Pflegte Sir Harrys Zimmer zu sein. Schlief hier seine abendliche Flasche Port aus.«

»Ist das alles, Sir?« erkundigte Grantley sich.

»Wir würden gerne ein Bad nehmen«, antwortete Sheridan.

»Natürlich, Sir. Marvin läßt bereits das Wasser ein. Die Bäder liegen auf der gegenüberliegenden Seite des Korridors.«

Er ging hinaus und schloß leise die Tür hinter sich. Sie hörten seine leichten Schritte auf dem Gang. Caroline sank aufs Bett und tupfte sich die Stirn mit einem Spitzentaschentuch.

»Himmel, wo hast du sie aufgetrieben?«

»Ich nicht.« Sheridan zog sein Jackett aus und ging zum Frisiertisch. »Sie gehören zum Haus. Der alte Sir Harry Sinclair starb vor gut zwanzig Jahren, und seitdem stand es wohl leer mit diesen Masken als Aufpasser. Aber ich meine, sie sind es wert, behalten zu werden. Du siehst wie gepflegt hier alles ist, und Mrs. Grantleys Küche muß man probiert haben.«

»Aber sie sieht aus, als kämen sie aus einem Kuriositätenkabinett«, protestierte Caroline. »Hast du gehört, was er sagte? ›Frauen ihres Schlages dürfen sich nicht rasieren.‹ Sheridan, wir können in diesem Haus keine Dame mit Bart ausstellen. Wir wollen doch keinen Rummelplatz einrichten.«

»Ich sehe keinen Grund, weshalb nicht«, knurrte Sheridan. »Sie ist eine gute Köchin und kann nichts dafür, diesen ungeheuren Haarwuchs zu haben. Glaube nicht, daß sie damit glücklich ist.«

»Aber was ist mit ihm? Grantley? Diese Ohren und dieser Haarturm! Und dieses Wesen am Parktor!«

»Und nicht den Jüngling zu vergessen«, fügte Sheridan süffisant hinzu. »Ich sah, wie du ihn taxiert hast.«

»Mach dich nicht lächerlich. Obwohl mir nicht in den Kopf geht, wie ein solches Paar so einen Sohn zeugen kann. Sheridan, dieser Ort macht mich krank. Laß uns hier verschwinden.«

»Werden wir. Montag morgen. Aber nicht eine Minute früher. So, jetzt nimm ein Bad, zieh was Hübsches an und mach's Beste draus.« Er sah sie mit seinem kalten, unheilvollen Blick an – und sie fügte sich.

»Wenn du es sagst. Aber sicher müssen wir uns nicht zum Dinner umziehen, wenn wir nur zu zweit sind?«

Er grinste, und Caroline fühlte, wie vom Magen her Übelkeit in ihr hochkam und ihr Hirn zu explodieren schien. Sie zitterte, und sein Grinsen wurde breiter.

»Nicht jetzt, kleine Schlampe. Wir erwarten Besuch. Die Spitze der hiesigen Gesellschaft. Ein alter Narr, aber es wird Spaß machen, ihm zu zeigen, wie sich hier die Zeiten geändert haben.«

Lachend verschwand er im Ankleidezimmer und kehrte wenige Minuten später mit einem Hausmantel bekleidet zurück.

»Schau her!« Er breitete die Schöße des langen Mantels aus. »Ich fand ihn im Kleiderschrank. Muß Sir Harry gehört haben. Hat wohl nicht gedacht, daß der Sohn seines Kuhhirten eines Tages seinen Morgenmantel tragen würde.«

»Großartig. Wenn du noch ein bißchen herumwühlst, findest du vielleicht noch seine alten Socken.«

Sie duckte sich, als Sheridan mit dem Handtuch nach ihr schlug, und atmete auf, als er das Zimmer verließ. Kaum hatte er die Tür hinter sich geschlossen, da hörte sie ein schwaches Klopfen, und kurz darauf trat Marvin mit zwei großen Koffern ein. Caroline fühlte ihr Herz hämmern, als sie das makellose Gesicht wiedersah, und spürte die seltsame Anziehungskraft, die von seinen Augen und seiner schlanken, aufrechten Figur ausging. Er sprach mit einer tiefen, wohlklingenden Stimme:

»Ihr Bad ist fertig, Madam.«

»Danke . . . Marvin.«

»Wohin soll ich das Gepäck stellen?«

»Oh«, sie versuchte zu lachen, »einfach aufs Bett damit.«

Sie beobachtete ihn, wie er die schweren Koffer mühelos aufs Bett legte. Dann drehte er sich zu ihr herum. »Wünschen Sie, daß ich auspacke, Madam?«

»Äh . . . ja. Für meinen Mann. Legen Sie sein Dinner-Jackett heraus.«

»Sehr wohl, Madam.«

Er arbeitete ruhig, anmutig, jede seiner Handbewegungen war ein Akt der Poesie. Caroline schalt sich eine Närrin, als sie merkte, daß ihre Knie zitterten.

»Was macht . . .« Wie anstrengend es plötzlich war, deutlich zu sprechen. ». . . ein gutaussehender Junge wie Sie in solch einem Nest?«

Marvin sah sie über seine Schulter an, und sie hatte das lächerliche Gefühl, er blicke in ihre Seele. Sie fühlte sich nackt wie ein Sünder am Tag des Jüngsten Gerichts. Er wandte den Kopf ab und fuhr mit dem Auspacken fort.

»Ich lese viel. Aber am liebsten arbeite ich im Garten.«

»Wirklich?«

Er hielt Sheridans Dinner-Jackett hoch und wischte ein unsichtbares Stäubchen mit dem Handrücken weg.

»Ja, Madam. Ich liebe es, tote Dinge wachsen zu lassen.«

Caroline ging langsam auf ihn zu, und keine Macht der Erde konnte sie daran hindern, eine Hand sacht auf seinen Arm zu legen. Er zeigte keinerlei Überraschung über diese Vertraulichkeit, tatsächlich schien er nicht einmal Notiz davon zu nehmen. In ihrer Unbeherrschtheit entschlüpften ihr die Worte:

»Sie sind sehr hübsch. Das müssen Sie wissen.«

Mit einem Stapel Hemden, zwei Westen und einem zerschlissenen Pyjama ging er zu einer Kommode hinüber.

»Danke für das Kompliment, Madam. Aber ich habe immer gedacht, daß ich außergewöhnlich farblos bin.«

»Wer, um alles in der Welt, hat Ihnen das erzählt?«

»Jene, die wahre Schönheit besitzen. Die Schönheit, die Dunkelheit und Leid gebiert.«

»Sie müssen ein Dichter sein. Ein schöner, leicht verrückter Dichter.«

»Sie sind sehr freundlich, Madam. Ist das alles?«

»Ja, das ist alles. Für den Augenblick.«

Er verneigte sich und verließ leise das Zimmer.

Caroline kauerte sich in einen Sessel und begann aus irgendeinem Grund zu weinen.

*

Reverend John Barker war in erster Linie ein Gelehrter und dann ein Kirchenmann. Einen kauzigeren alten Mann konnte man sich kaum vorstellen. Aber er verfügte auch über einen eingebauten Kompaß, der ihn zu den guten Küchen und den wohlsortierten Kellern führte. Er radelte auf einem alten Damenrad zum Withering Gut, lehnte es unter das erstbeste Fenster und zog, nachdem er die Hosenklammern entfernt hatte, am alten Glockenstrang.

Caroline, eine Augenweide in ihrem silbrigen Kleid, das mehr ent- als verhüllte, hörte seine quäkende Stimme, als er nach einem Platz fragte, um seine Garderobe aufzuhängen.

»Hängen Sie es einfach über den Stuhl beim Küchenfeuer. Und Ihren Schal über das Heizungsrohr.«

Caroline schwebte in die Halle gleich einer von Sankt Antonius' Versuchungen. Sie lächelte süß, obschon der Anblick dieses alten, dünnen Mannes mit den Hängeschultern und dem

Gesicht eines neugierigen Kaninchens keinen unterhaltsamen Abend versprach, und reichte ihm die Hand.

»Ich bin Mrs. Croxley, Sie müssen . . .«

Sheridan hatte sich nicht die Mühe gemacht, sie über die erwarteten Gäste näher zu informieren.

»John Barker, Gnädigste. Barker – wie der Hundefänger. John – wie Johannes, auch wenn ich natürlich nicht so heilig bin.«

Caroline sagte: »Guter Gott!« Dann versuchte sie hastig, ihrem Gesicht einen Ausdruck höflicher Belustigung zu verleihen.

»Mein Mann und ich sind entzückt, daß Sie gekommen sind, Mr. Barker.«

»Wollte mir immer schon dieses schöne, alte Haus von innen anschauen. Aber der alte Sir Harry ließ niemanden über die Schwelle. Ich hab's mal an der Hintertür versucht, doch dieser bärtige Schrecken in der Küche ließ mich nicht 'rein.«

Verzweifelt erkundigte sich Caroline: »Einen Cocktail oder einen anderen Aperitif?«

Mr. Barker schüttelte heftig den Kopf.

»Danke, nein. Ruiniert den Geschmack. Wo geht's zum Speisezimmer?«

»Erste Tür links«, antwortete Caroline schwach.

»Gut.« Schnell schlurfte er in die angegebene Richtung, und sogleich hörte Caroline seine Entzückensschreie, als er die kostbaren Antiquitäten entdeckte.

»Gnädige Frau, ist Ihnen klar, daß Sie ein echtes jakobinisches Sideboard besitzen?«

»Nein, wie wundervoll.« Ihr Lächeln glich einer flackernden Neonröhre.

»Und der Eßtisch ist mindestens Early Georgian, frühes achtzehntes Jahrhundert.«

»Wirklich? Würden Sie mich bitte entschuldigen, ich bin sofort zurück, Mr. Barker.«

Sie fand Sheridan im Ankleidezimmer, wo er den Knoten seiner Krawatte richtete.

»Sheridan, der Geistliche ist da. Er ist verrückt.«

»Exzentrisch.«

»Egal. Er macht, was er will. Jetzt untersucht er das Mobiliar.«

»Warte, bis ich seinem Gedächtnis auf die Sprünge helfe und ihm klarmache, wem es gehört.«

Als sie das Eßzimmer betraten, saß Mr. Barker bereits angetan mit einer weißen Serviette und einem Ausdruck freudiger Erwartung am Tisch. Er stand hastig auf.

»Sie haben sich aber herausgeputzt, mein Lieber! Bei meiner Seele, ich habe meinen albernen Anzug und die Krawatte seit Jahren nicht gesehen.«

»N'Abend Barker. Nett, daß Sie gekommen sind.« Sheridan hielt die priesterliche Hand nur kurz fest, dann fuhr er fort: »Setzen Sie sich doch. Grantley sagte mir, das Essen sei fertig.«

Tatsächlich erschienen in diesem Moment der Butler und Marvin mit dem Geschirr, das sie auf dem Sideboard abstellten. Mr. Barker beobachtete sie mit lebhaftem Interesse.

»Erstklassige Mannschaft, die Sie hier haben, Mr. Croxley. Leistungsfähig und ungewöhnlich.«

»Ja, sie sind gut.«

Mr. Barker sprach Grantley an: »Traf Ihren Vater am Parktor, Grantley. Scheint gesund und munter.«

Grantley beobachtete seinen Sohn, der jedem Gast eine geiste Melone servierte, bevor er antwortete: »Für sein Alter hat er sich sehr gut gehalten, Sir.«

Der Priester musterte seine Melone, dann nickte er zustimmend. »Der alte Knabe sieht genauso aus wie vor zwanzig Jahren. Wenn ich's mir recht überlege – Ihr alle seht noch so aus.«

Grantley entzündete die Kerze unter einer Warmhalteplatte und hielt dabei den Kopf so, daß sein Gesicht vor den scharfen Augen des alten Mannes verborgen war.

»Es ist sehr freundlich, daß Sie das sagen, Sir.«

»Nun, Barker«, Sheridan füllte das Glas seines Gastes mit einem leichten, alten Rotwein, »Sie haben sicher nicht damit gerechnet, mich in diesem Haus zu sehen.«

Der Geistliche nippte an seinem Wein und konnte seinen Blick kaum von Grantley abwenden. Dann sah er seinen Gastgeber erstaunt an.

»Ich muß gestehen, daß ich nie darüber nachgedacht habe. Ich bin sicher, Sie und ihre schöne Gattin sind eine Zierde für das Withering Gut.«

»Aber ich sagte Ihnen doch, wer ich war.« Sheridan war gereizt. »Mein Vater war George Croxley – der Kuhhirte. Sie sind jeden Mittwoch zu uns in die Schule gekommen und haben uns den Katechismus beigebracht.«

»Das habe ich getan.« Der Reverend lächelte nachsichtig. »Ich habe es schon lange aufgegeben. Fürchte, ich kann mich nicht an Sie erinnern. Dafür aber an Ihren Vater. War jeden Samstagabend betrunken.«

»Jetzt bin ich hier«, betonte Sheridan

»Na und? Das ist nichts Ungewöhnliches. Wir sind alle von der gleichen primitiven Abstammung. Himmel, wer hätte gedacht, daß eine bestimmte Sorte Affen einmal die Weltherrschaft besitzen würde!«

»Ja, aber . . .« Sheridan wollte das Gespräch wieder auf sich lenken, doch der Geistliche ließ sich nicht stören.

»Ich kann mir nicht helfen, aber ich finde, der Affe war eine schlechte Wahl. Vielleicht wären Abkömmlinge von der Gattung der Katzen . . .«

»Grantley«, unterbrach Sheridan die Betrachtungen seines Gastes, »wenn Sie den nächsten Gang serviert haben, können Sie gehen.«

»Sehr wohl, Sir.«

Der seltsam häßliche Mann und der hübsche Jüngling legten Roastbeef und Gemüse vor und zogen sich dann leise zurück. Reverend Barker wartete, bis sich die Tür hinter ihnen geschlossen hatte, dann brach es aus ihm heraus:

»Unglaublich! Phantastisch! Aber wahr. Lieber Himmel, ja. Dachte schon lange daran, aber konnte es nie glauben. Man möge mir meinen schwachen Glauben verzeihen.«

Sheridan warf seiner Frau einen Blick zu, dann verdüsterte sich sein Gesicht. »Ich kann Ihnen nicht folgen, Barker.«

»Nein?« Der Angesprochene war überrascht. »Ich dachte, die Sache läge für jeden mit einer normalen Auffassungsgabe klar auf der Hand. Aber natürlich sind Sie kein Student der Monstrologie.«

»Sagen Sie das noch mal«, forderte Sheridan.

»Monstrologie. Eine vernachlässigte Wissenschaft, die von den Ungebildeten oft verspottet wird. Als ich mich vorhin darüber wunderte, daß die Welt ausgerechnet unter die Herrschaft einer Sorte von Affen geraten mußte, und meinte, daß es noch andere Thronanwärter gebe, wollte ich Sie auf etwas aufmerksam machen. Ich dachte an Astaste und sein *Buch des verbotenen Wissens,* das sechs Kapitel über Hundewesen und Vampir-Monstren enthält. Es gibt viele Legenden darüber, und heute weiß ich, daß über das Mittelalter hinaus eine große Anzahl von ihnen bis auf den heutigen Tag exisitert.«

Sheridan wollte ihn unterbrechen, aber der Pfarrer lehnte sich bequem in seinem Stuhl zurück und fuhr fort:

»Conrad von Leininstein, der unter mysteriösen Umständen 1831 verschwand, stellte fest, daß sie sich untereinander kreuzen. Vampir mit Werwolf, Ghul mit Vampir, deren Bastarde wieder untereinander. Sie bringen schreckliche Mischungen hervor. Seine Illustrationen dazu sind wirklich recht erbaulich. Auch wies er darauf hin, daß sie höheren Orts tätig seien. Ich habe schon über die Möglichkeit nachgedacht, daß mein Bischof . . .«

»Hören Sie«, herrschte Sheridan ihn an, »das geht zu weit. Sie erschrecken meine Frau!«

»Aber mein Verehrtester, ich erzähle Ihnen das nur zu Ihrem Besten. Wenn mein Verdacht begründet ist, haben Sie einen Shaddy am Tor, einen Mock als Butler und einen Maddy in der Küche. Ersterer kann Ihnen das Fleisch von den Knochen schlecken, der zweite die Haut vom Gesicht blasen – wenn nicht Schlimmeres –, und der dritte verschlingt Sie mit seinem gähnenden Maul. Alle können sie ihre Opfer mit einem Virus verwandeln.«

Sheridan verzichtete darauf, diese Ausführung zu kommentieren, sondern leerte sein Glas und starrte an die Decke. Caroline rang sich zu einer Frage durch.

»Aber, wenn das alles Monster sind, der junge Mann, der gutaussehende Junge, gehört doch sicher nicht dazu?«

Der Reverend setzte sich auf und strahlte vor galligem Vergnügen. »Aber Gnädigste, er ist, wenn ich so sagen darf, die Kirsche auf dem Sahne-Baiser. Wenn meine Überlegungen stimmen, ist er das Produkt einer Verbindung zwischen Mock und Maddy und damit der geheimnisumwitterte, grauenhafte Shadmock.«

Sheridan neigte seinen Kopf und schaute den merkwürdig begeisterten Geistlichen spöttisch an.

»Bei dieser Phalanx von Monstern bleibt nicht mehr viel übrig. Was war es noch? Verschlingen, schlecken und blasen. Da bleibt für das Milchgesicht ja kaum noch etwas. Was ist seine Spezialität? Spucken?«

Vorwurfsvoll schüttelte der Reverend den Kopf.

»Bitte, nehmen Sie die Sache nicht so leicht, Sir. Der Shadmock mag auf der untersten Stufe der Gattung Monster stehen und deshalb nicht über die fürchterlichen Merkmale der anderen verfügen – wie die Hörner, die sein Vater unter dem aufgetürmten Haar verbirgt. Aber er besitzt eine Gabe, die giftiger ist als alle anderen in dieser Familie. Er pfeift.«

»Pfeift?« wiederholte Sheridan.

»Pfeift«, sagte Caroline verträumt.

Mr. Barker versuchte es vorzumachen, aber seine schlechtsitzenden falschen Zähne verhinderten es.

»Ja, wirklich. In keinem meiner Bücher ist der Pfiff beschrieben oder wird auf seine Wirkung eingegangen. Aber alle sind sich einig, daß es äußerst gefährlich ist. Wie war noch der Vers?«

Mit geschlossenen Augen zitierte er:

Fall auf die Knie, sprich ein Gebet,
Wenn der Mond schon im Schatten steht.
Du hörst heute nicht den Schrei des Windes
Oder das Wimmern eines ängstlichen Kindes.
Fliehe, solang dich das Grauen nur streift,
Laß alle Hoffnung fahren, wenn der Shadmock pfeift.

Caroline wimmerte leise, und Sheridan begann, lauthals zu fluchen.

*

Sheridans Zorn war noch nicht verraucht, als sie zu Bett gingen.

»Der alte Narr ist so völlig von Sinnen. Wenn ich mir vorstelle, daß so ein Irrer jeden Sonntag auf die Kanzlei steigt und zu den einfachen Bauerntölpeln predigt, könnte ich die Wände hoch gehen. Hast du jemals so was gehört? Shaddies, Mocks und was noch – Shammocks?«

»Shadmock«, berichtigte Caroline. »Aber, Sheridan, die drei sehen fürchterlich aus.«

»Neunundneunzig Prozent der menschlichen Bevölkerung sehen fürchterlich aus. Nun, streich das Ganze aus deinem Gedächtnis und geh schlafen. Ich bin hier runtergefahren, um mich zu entspannen, nicht um mich über das Geschwätz eines alten Mannes aufzuregen.«

Sheridan schlief. Caroline lag auf dem Rücken und starrte an die Decke. Von Ferne hörte sie schwache Geräusche, die deutlich genug waren, um nicht eingebildet zu sein. Ein langgedehntes Heulen, ein Schrei, der mittendrin erstickt wurde, und dann ganz nah das leise Tappen rennender Füße.

Es dauerte eine Weile, bis Caroline den Mut fand, ans Fenster zu treten. Daß sie es überhaupt fertigbrachte, lag daran, daß die Ungewißheit an ihren Nerven zerrte. Sie mußte sich davon überzeugen, daß alles in Ordnung war. Und tatsächlich, als sie auf die stillen Rasenflächen und die wie Schildwachen darum gruppierten Bäume schaute, war der Anblick überraschend friedlich. Eine große, buntgefleckte Katze wanderte im Mondlicht über den Rasen und ließ sich etwa zwanzig Meter vom Haus entfernt nieder, um ihr Fell zu lecken. Caroline beobachtete die graziösen Bewegungen. Die flinke, rosa Zunge; die ausgestreckte Pfote, die über das gespitzte Öhrchen fuhr; das graugemusterte Fell, das stählern im Mondlicht glänzte. Plötzlich fröstelte die Katze und wurde zu einem starren Stilleben. Den Kopf schräg gelegt, starrte sie mit großer Aufmerksamkeit zu den Bäumen hinüber. Immer noch hielt sie eine Pfote hinter dem aufgerichteten Ohr, der Rücken war gekrümmt, und der Schwanz stand steil wie eine Sprungfeder. Dann verwandelte sie sich in einen gescheckten Strich, der über den Rasen jagte. Mit ihr verschwand die nächtliche Ruhe, die sanfte, melancholische Stille. Furcht kroch durch das Gras und streifte das Haus.

Der alte Mann vom Tor – der Shaddy – kam unter den Bäumen hervor und schlurfte in die Mitte des Gartens. Wie ein monströser Pelzkragen lag ein totes Schaf um seinen Hals, und ein glitzernder Blutstrom rann wie eine Kette von Rubinen über sein Hemd. Er wandte sich um und lachte laut, als Grantley mit einem Paar Kaninchen über dem Arm aus den Schatten trat. Caroline wimmerte, als sie die kleinen, verschrumpelten Köpfe sah. Das ganze Fell war verbrannt, die Ohren verkohlt, und die Zähne glichen schwarzen Stummeln. Seite an Seite standen Vater und Sohn, zwei Jäger nach erfolgreicher Jagd. Beide warteten darauf, daß der dritte in Erscheinung träte.

Marvin kam durch den Garten angerannt. Seine weit ausholenden, anmutigen Schritte, die seltsame, animalische Schönheit des jugendlichen Körpers raubten Caroline den Atem. Ein heißes Verlangen verdrängte die Furcht – den Ekel – vor den älteren Gestalten. Erregt umklammerte sie den Fensterrahmen, bis ihre Finger Eiszapfen glichen.

Marvin trug einen Korb mit fremdartigen weißen Früchten.

Traf hier der schöne Abel auf zwei finstere Kains? Er hielt ihnen den Korb zur Begutachtung hin, und der gräßliche Alte stieß ein bellendes Gelächter aus. Grantley schüttelte den Kopf, so daß sein Haarturm sich auflöste und zwei schwarze Hörner im Mondlicht glänzten. Da hielt Marvin seinen Kopf schräg, seine Lippen öffneten sich, und das Lachen der beiden erstarb. Beide starrten den jungen Mann an, als wäre er eine Kobra vor dem Angriff. Marvin nickte zum Haus hinüber, kurz und befehlend, und sie trotteten wie zwei wilde Hunde vor einem Vollbluthengst davon.

Caroline ging zu dem großen Doppelbett zurück, lag eine Weile mit wildem Herzklopfen still unter dem Laken und stieß dann ihren schlafenden Mann an.

»Sheridan.«

Er schreckte auf und murmelte verschlafen wirres Zeug.

»Was ist los?«

»Sheridan . . . ich kann nicht schlafen.«
»Was!«
»Ich kann nicht schlafen.«

*

Es war ein kalter, klarer Morgen mit einer strahlenden Sonne am frostigen Himmel. Ein strenger Ostwind zerrte an den nackten Zweigen, und tote Blätter wirbelten durch die Luft. Aber Caroline beobachtete nur den alten Mann vom Tor, der den Teppich saugte.

Während er arbeitete, öffnete und schloß sich sein bärtiger Mund, und seine rot-schwarze Zunge leckte in einer höchst abstoßenden Art über die dünnen Lippen. Caroline fühlte sich an eine Schlange erinnert. Als sie auf dem Weg zur Treppe an ihm vorüberging, schaute er auf und grinste. Ein gurgelnder Laut kam aus seiner Kehle, von dem Caroline hoffte, er bedeutete »Guten Morgen«.

Sheridan erwartete sie bereits am Frühstückstisch und begrüßte sie mit einem Stirnrunzeln.

»Du könntest pünktlich zum Frühstück kommen. Wir haben kein Haus voller Dienstboten.«

Grantley, der nun wieder wie gewohnt aussah, schob ihr vorsichtig den Stuhl unter.

»Wenn ich mir erlauben darf, Sir. Wir sind so froh, einen neuen Herrn zu haben, daß es uns nichts ausmacht, sie beide zu bedienen, sie und ihre reizende Gattin. Nur Vergnügen.«

»Verdammt anständig von Ihnen«, brummte Sheridan. »Wenn ich so darüber nachdenke, muß es ziemlich einsam in den ganzen Jahren gewesen sein, ohne ein neues Gesicht zu sehen. Wie lange sind Sie schon hier?«

Grantley servierte gebackene Nierchen und schenkte Kaffee aus einer silbernen Kanne nach.

»Es muß etwas mehr als zwanzig Jahre her sein. Ich entsinne mich noch des alten Herrn – Sir Harold Sinclair. Er war entzückt, als wir unsere Dienste anboten. Diener sind wahrscheinlich abgeneigt, in dieser einsamen Gegend zu arbeiten. Es war höchste Zeit, als wir herkamen.«

»Wie sind Sie mit dem alten Teufel zurechtgekommen?« erkundigte sich Sheridan.

»Unglücklicherweise hatte der arme alte Herr einen Unfall, kurz nach unserem Einzug. Auf dem Weg ins Bad fiel er übers Treppengeländer. Mein Vater, der nur wenige Schritte hinter im stand, war untröstlich.«

Sheridan murmelte: »Guter Gott.« Caroline zitterte.

Grantley stellte einen Toast-Ständer auf den Tisch und frische Butter dazu.

»Der arme Sir Sinclair war so gütig, für uns noch vor seinem frühzeitigen Ableben Vorkehrungen zu treffen, die es uns ermöglichen, hier wohnen zu bleiben. Ich darf sagen, daß wir dieses Haus liebgewonnen haben.«

»Das tun Sie bestimmt«, grunzte Sheridan. »Ihre Frau ist eine ausgezeichnete Köchin, das Haus wird großartig geführt. Nur der Garten könnte besser gepflegt sein. Aber Sie können ja nicht alles machen.«

»Ich bin der Ansicht, Sir, daß die unberührte Natur dem Anwesen besser gerecht wird als zurechtgestutztes Gras und gequälte Pflanzen. Das erinnert mich an die traurige Nachricht, die ich Ihnen zu überbringen habe.«

»Traurige Nachricht?« Sheridans Gabel blieb mit einem Bissen Nierchen in der Luft hängen. »Was ist los?«

»Der werte Herr Reverend, Sir, Ihr gestriger Gast. Er hatte einen furchtbaren Unfall. Es scheint, er radelte beim Teufelsjoch vorbei – einem steilen Abgrund, der meiner Ansicht nach unzulänglich abgezäunt ist – und stürzte wohl wegen einer plötzlichen Schwäche kopfüber hinab und brach sich das Rückgrat.«

»Das Rückgrat?«

»Jawohl, Sir. Zwischen dem zweiten und dritten Wirbel.«

Sheridan griff wieder zu Messer und Gabel.

»Der alte Narr war ein verrückter Windbeutel, aber sein trauriges Ende tut mir leid.«

»Er war ein sehr gebildeter Mann«, bemerkte Grantley höflich. »Aber sein Wissen war nicht ungefährlich.«

Caroline wurde übel vor Entsetzen. Sie wußte, daß ein Mord geschehen war. Sie hätte die unglaubliche Wahrheit herausgeschrien, wäre nicht Marvin mit frischem Brot und Butter hereingekommen.

Einen Herzschlag lang begegneten sich ihre Blicke. Dann war Caroline wieder dazu verdammt, sich ihrem Frühstück zu widmen. Das Grauen bekam etwas Reizvolles, das an ihre masochistische Natur appellierte. Marvin lehnte sich über den Tisch, und ihr fiebriger Blick hing wie gebannt an seiner muskulösen, feingliedrigen Hand. Sheridan sah auf und grinste.

»Schon gehört, was letzte Nacht passiert ist, Junge?«

Der schöne Kopf nickte. »Ja, Sir. Äußerst bedauerlich.«

Sheridan amüsierte sich. »Nun, er wird Sie nie wieder einen Mock nennen.«

Marvin richtete sich auf und lächelte höflich.

»Mit Respekt, Sir. Einen Shadmock. Mein Vater ist ein Mock.«

Caroline kicherte, als sie das überraschte Gesicht ihres Ehemannes und den aufglimmenden Zorn in seinen Augen sah.

»Ich komme allmählich zu der Überzeugung, daß nicht nur bei Barker eine Schraube locker war. Vermutlich seid ihr alle zu lang in diesem Nest. Ein Ortswechsel würde guttun.«

Grantleys Stimme war höflich.

»Ich erlaube mir zu sagen, Sir – es wäre unpassend.«

Sheridan ließ seine Serviette fallen und stand so schnell auf, daß sein Stuhl umkippte. Sein Gesicht lief rot an und mit einer donnernden Stimme, die schon manchen Geschäftsführer das Fürchten gelehrt hatte, brüllte er:

»Unpassend! Sie unverschämter Kerl! Sie halten sich wohl für unentbehrlich, aber das ist nicht das einzige Haus, das ich besitze. Das ist nichts weiter als ein Wochenendhäuschen für mich. Also, hüten Sie Ihre Zunge.«

»Ich bedaure, wenn ich Sie verletzt habe«, erwiderte Grantley gelassen. »Ich bin sicher, daß Ihr Aufenthalt hier nur von kurzer Dauer sein wird.«

Sheridans Zorn wurde durch diese kümmerliche Entschuldigung noch größer, und ohne ein Wort zu sagen, rauschte er aus dem Zimmer. Caroline saß wie angewachsen auf ihrem Stuhl und schien nur noch Augen für Marvin zu haben.

»Machen Sie sich nichts draus. Mein Mann ist launenhaft.«

Obschon die Worte an Marvin gerichtet waren, warf Grantley ihr einen raschen Blick zu, der jeden Respekt vermissen ließ. Ein wenig Verachtung schimmerte in seinen Augen.

»Jeder hat so seine Eigenheiten. Noch etwas Kaffee, Madam?«

Sie hob gerade die Tasse an ihre Lippen, als die Tür aufflog und Sheridan erschien.

»Grantley, im ganzen Haus funktioniert kein Telefon.«

»Das stimmt, Sir. Schon seit zwanzig Jahren nicht. Wir hielten es nicht für notwendig.«

»Nicht notwendig . . .!« Für einen Moment dachte Caroline, ihr Gatte bekäme den – ihrerseits – so lange ersehnten Herzinfarkt. »In was für einer Welt lebt ihr denn eigentlich? Allmählich glaube ich, daß der alte Narr recht hatte. Ihr seid Monster . . . antiquierte, verrückte Monster.«

Grantley erwiderte nichts, sondern stand nur mit gesenktem Kopf da und wartete den Zornausbruch ab. Sheridan gewann seine Selbstbeherrschung zurück.

»Wir fahren besser ins Dorf und telefonieren von dort.«

Grantley hüstelte.

»Ich bedaure, Sir, aber das wird nicht gehen.«

Sheridan wirbelte herum und starrte die dunkle Gestalt an.

»Tatsächlich? Und warum?«

»Weil wir, bei allem Respekt, so etwas nicht erlauben können, Sir.«

Der alte Mann, der Shaddy, kam herein. Seine Finger waren zu bedrohlichen Klauen gekrümmt. Gleichzeitig erschien Mrs. Grantley und stellte sich neben ihren Mann.

Sheridan sah sich den Aufmarsch an und bellte:

»Was, zur Hölle, ist hier los? Ich warne euch, wenn diese häßliche Mißgeburt mir nicht aus dem Weg geht, schlage ich zu.«

Mißbilligend schüttelte Grantley den Kopf und versicherte sanft:

»Ich verspreche, er wird Sie nicht anfassen, Sir.«

Langsam ging Sheridan auf die stämmige, groteske Gestalt zu. Als sie in Reichweite war, schoß seine Faust auf den klaffenden Mund zu. Großvater Shaddy zuckte nicht mit der Wimper. Das mit Zahnstummeln umkränzte Loch in seinem Gesicht wurde noch größer. Seine schwarze Zunge wand sich und schnellte dann wie eine peitschende Geißel auf die drohende Faust zu – und zog sich schnell wieder zurück. Das Maul schnappte zu, und der Shaddy begann mit tiefer Befriedigung zu kauen. Stöhnend taumelte Sheridan rückwärts und starrte auf die klaffende Wunde, die sich von seinen Fingerknöcheln über den Handrücken zog. An einer Stelle schimmerte sein Knochen wie rosiges Elfenbein. Der Shaddy schluckte und murmelte etwas Unverständliches. Grantley übersetzte:

»Mein Vater beglückwünscht Sie zu Ihrem Fleisch, Sir. Er sagt, es sei köstlich.«

Mit einem Wutschrei stürzte sich Sheridan auf den Spötter. Er fühlte nur den Drang zu töten. Grantley legte den Kopf in den Nacken und gab ein rasselndes Geräusch von sich. Als Sheridans Augen auf gleicher Höhe mit den seinen waren, öffnete er den Mund – und blies. Ein winziger Hauch, der aber eine ungeheure Wirkung auf den Angreifer ausübte. Sheridan schrie und schlug die Hände vors Gesicht, wollte den brennenden Schmerz fortkratzen, den ihm der flammende Atem zugefügt hatte. Grantleys Stimme hatte nicht ein Quentchen Respekt verloren, als er mitleidig meinte:

»Ihre Unpäßlichkeit ist nur vorübergehend, Sir. Kein Grund zur Sorge.«

Sheridan sprang vor Schmerz von einem Fuß auf den anderen. Dann endlich konnte er die Hände von den rotgeränderten Augen nehmen.

»Wer, zur Hölle, seid Ihr?«

Grantley lächelte freudlos. Caroline hatte nur Augen für Marvin, den Schönen . . . den Traum-Geliebten . . . den Wanderer auf dunklen Pfaden . . . Er lehnte ausdruckslos an der Wand, und nichts schien die ruhige Gelassenheit seiner Miene stören oder einen Hauch von Leidenschaft in seinen blauäugigen Blick bringen zu können. Grantley antwortete:

»Wir sind wie Sie, Sir, wie Sie sein würden – ohne Ihre Kleider.«

Dann wurde er wieder der aufmerksame Butler.

»Darf ich vorschlagen, Sir, daß Sie auf Ihr Zimmer gehen und sich ein wenig hinlegen? Das war eine niederschmetternde Erfahrung für Sie. Wenn Sie wollen, begleitet mein Vater Sie.«

»Ihr werdet dafür büßen!« brüllte Sheridan. »Egal, ob ihr Irre, Kriminelle oder Monster seid. Dafür mach' ich euch fertig. Wenn ihr klug seid, bringt ihr mich besser gleich um.«

Alle schüttelten den Kopf. »Das können wir nicht, Sir. Wir brauchen Sie«, erklärte Grantley.

Sheridan stürmte aus dem Zimmer und rannte die Treppe hinauf. Caroline blieb sitzen und betrachtete Marvin, der den Tisch abräumte. Einmal warf er ihr einen freundlichen Blick zu, der sie so glücklich machte, daß sie fast geweint hätte.

Sheridan verbarrikadierte sich in seinem Schlafzimmer.

Grantley und sein Vater polierten die Eßzimmermöbel, und Caroline folgte Marvin hinter das Haus in einen großen Gemüsegarten.

Der Shadmock – dieser Begriff war inzwischen fest in ihrem Schädel verankert – trug Hacke und Spaten. Er kümmerte sich nicht weiter um ihre Anwesenheit, auch nicht als sie über einen Stein stolperte und der Länge nach hinschlug.

Der Garten umfaßte etwa sieben Meter im Quadrat und hob sich von seiner Umgebung ab wie ein Gewässer in der Wüste. Er war sehr gepflegt mit liebevoll angelegten Beeten. Marvin legte Hacke und Spaten nieder, zog seine Jacke aus und krempelte die Ärmel hoch. Caroline sah ihn sehnsüchtig an, wie ein Hündchen, das auf ein liebes Wort wartet – oder zumindest ein ermutigendes Pfeifen. Als nichts geschah, wagte sie es, zaghaft seinen Arm zu berühren.

»Ich möchte helfen. Bitte, lassen Sie mich helfen.«

Er lächelte höflich. Mehr ein leichtes Öffnen der Lippen. Aber sie war dankbar dafür, wie Lazarus für einen Schluck Wasser.

»Sie sind sehr freundlich, Madam. Wenn Sie die Furchen hakken würden, wäre ich Ihnen sehr verbunden. Aber strengen Sie sich nicht zu sehr an.«

Besorgt sah Marvin, wie sie schwungvoll die Hacke in die lokkere Erde sausen ließ.

»Seien Sie vorsichtig mit den jungen Schößlingen. Eine kleine Unachtsamkeit könnte verhängnisvoll sein, Madam.«

»Ich passe auf. Ich wußte gar nicht, daß um diese Zeit etwas wächst.«

»Das sind alles perennierende Pflanzen, die wachsen zu jeder Jahreszeit, Madam.«

Caroline schaute auf den nächsten Erdwall und bemerkte zum erstenmal die kleinen weißen Schößlinge, die sich überall aus dem schwarzen Erdreich reckten. Es hätten kleine Tulpenzwiebeln oder Lauch sein können.

»Was ist das?« fragte sie.

»Corpoties oder auch Körperchen, Madam.«

»Was ist denn das? Ein Gemüse?«

Er lächelte über ihre kindliche Unwissenheit und schüttelte den Kopf.

»Nicht ganz, Madam. Man könnte sagen, es handelt sich um eine Fleisch-und-Gemüse-Pflanze. Sie braucht sehr viel Pflege. Zu Anfang gebe ich Knochen-Dünger in die Erde, dann wird sie mit einem Blutgemisch in regelmäßigen Abständen getränkt. Aber das richtige Einsäen ist das Wichtigste. Haben sie zu wenig Platz, ist das Ergebnis ungenießbar. Zu viel«, er zuckte die Achseln, und Caroline war entzückt, seine jungenhafte Begeisterung zu erleben, »bedeutet einen faden Geschmack. Interessieren Sie sich dafür, Madam?«

»Aber, ja. Ich könnte Ihnen stundenlang zuhören.«

Jetzt wich alle Reserviertheit von ihm, und er ähnelte einem Briefmarkensammler, der einen gebildeten Briefträger entdeckt hat.

»Sie ahnen gar nicht, wie mich Ihr Interesse freut. Sehen Sie Vater, Mutter und Großvater sind Jäger. Sie verstehen nicht, welche Befriedigung es mit sich bringt, zu pflanzen und zu ernten. Manchmal ärgere ich mich schrecklich über sie und verliere die Beherrschung und tue Schlimmes. Aber, lassen wir das, die Erde ist so großzügig. Man bekommt viel mehr zurück, als man gesät hat.«

»Sie haben ja so recht.« Caroline faßte nach seinem Arm. »Sie haben wohl einen grünen Daumen.«

Er runzelte die Stirn, und sie zitterte. Hatte sie etwas Falsches gesagt?

»Nein, das habe ich nicht. Nur die Toten haben grüne Finger. Die reifen Toten – reif zum Pflanzen.«

Sie ließ ihn los, schüttelte ungläubig den Kopf. Wegen seines hübschen Aussehens hatte sie ihn für normal gehalten, zwar schüchtern aber fähig, ein leidenschaftlicher Liebhaber zu werden. Jetzt begriff sie, daß er genauso ein Monster – wenn nicht ein schlimmeres – sein mußte wie die anderen. Doch das wirklich Entsetzliche dabei war, daß sich an ihren Gefühlen dadurch nichts änderte. Gegen jungenhaften Charme war sie wehrlos.

»Wir hatten dreimal neue Besitzer hier in den letzten fünfzehn Jahren, aber sie waren nicht das *Richtige*. Sie gediehen und reiften nicht so, wie es nötig ist. Und Vater und Großpapa sind so gemein, immer das Beste für sich zu behalten und den Pflanzen nur den Dreck, die alten, kranken . . . die trockenen Reste zu überlassen.«

Das brachte Caroline schließlich zur Besinnung. Sie drehte sich um und rannte zum Haus zurück. Marvin rief hinter ihr her:

»Bitte, gehen Sie nicht. Ich kann es nicht ertragen, wenn Leute fortlaufen. Das macht mich iiiiiiiiiiirr!«

Beim letzten Wort schnappte die Stimme über und endete in einem langgezogenen Pfeifen. Ein Hinweis auf das Entsetzen, das folgen könnte. Caroline rannte um ihr Leben.

Zunächst wollte Sheridan sie nicht hereinlassen. Hinter der verbarrikadierten Tür schrie er: »Du bist auf ihrer Seite. Mir kannst du nichts erzählen. Wie du den jungen Mann angehimmelt hast! Und dann hast du nichts getan, um sie aufzuhalten. Gar nichts!«

»Bitte, Sheridan, laß mich 'rein. Wir müssen einander helfen. Mein Gott, wenn du wüßtest!«

»Darf ich Ihnen behilflich sein, Madam?«

Mit ernstem Gesicht stand Grantley ein paar Schritte hinter ihr.

»Die Tür . . .« Sie wich an die Wand zurück. »Die Tür . . . ist zu.«

»Gestatten Sie, Madam.«

Mit einer Hand stieß Grantley die Tür auf. Mit lautem Krachen wurde der Kleiderschrank gegen die Wand zurückgeschleudert. Caroline sah Sheridan auf dem Bett sitzen. Sein Gesicht war zu einer angstverzerrten Maske erstarrt. Grantley verbeugte sich.

»Bitte, entschuldigen Sie mein Eindringen, Sir. Aber ich muß Ihnen mitteilen, daß Mrs. Grantley in einer halben Stunde zu gähnen gedenkt. Ich hoffe, es paßt Ihnen.«

Sheridan gab ein Mittelding zwischen Schreien und Schimpfen von sich, und Grantley verbeugte sich abermals.

»Ich bin Ihnen zu Dank verpflichtet, Sir.«

Er verließ das Zimmer und schloß die Tür. Vom Gang her hörten sie ein unterdrücktes Grollen – einen beunruhigenden Laut, der eine Drohung oder Vorfreude ausdrücken konnte. Caroline lief zu ihrem Mann und packte ihn am Arm.

»Wir müssen versuchen, hier 'rauszukommen. Wenn ich nochmals in Marvins Gesicht schauen muß, bin ich verloren. Bitte, tu was!«

Er schüttelte sie ab und knurrte sie wütend an, wobei er so sehr wie einer von *ihnen* aussah, daß Caroline die Hände vors Gesicht schlug und aufs Bett sank. Ihr Mann betrachtete sie höhnisch.

»Ich werde nicht rennen. Hörst du? Ich laufe nicht vor ein paar degenerierten Irren davon. Durch Davonlaufen bin ich nicht zu dem geworden, was ich bin. Das Ganze ist ein gigantischer Schwindel. Grantley ist nicht der erste Mann, der Feuer speit, und der Alte wird nicht der letzte sein, der einen langen Draht an seine Zunge heftet. Warst du noch nie auf einem Jahrmarkt? Aber sie legen mich nicht ein zweites Mal 'rein. Einmal gebissen . . .«

Caroline hob den Kopf und schrie ihn an:

»Mach dich nicht zum Narren! Das sind Monster. MONSTER. Zurückentwickelte Kreaturen, von denen wir alle wissen, daß es sie gibt. Wir wagen nur nicht, darüber nachzudenken. Versuche, dich zu erinnern und dir nichts vorzumachen. Das nächtliche Heulen; etwas lugt um die Ecke; alles, was man so gerne verdrängt. Sag' bloß – wenn du dich traust –, daß du nicht daran glaubst.«

Er setzte sich neben sie und war plötzlich ein müder Mann in mittleren Jahren, der verlernt hatte, sich zu entspannen.

»Vielleicht hast du recht. Ich weiß es nicht. Ich habe so viele Monster getroffen. Ich konnte sie nie von einander unterscheiden. Aber, wenn wahr ist, was du sagst, was soll dann das Davonlaufen? Sie müssen überall sein. Ein weitverbreitetes Freimaurertum mit Zähnen, Klauen, Pelz und Fängen bestückt. Es gibt keinen Ausweg.«

Als sie so beisammensaßen und der Morgen verging, herrschte zum erstenmal seit vier Jahren Frieden zwischen ihnen. Die Verzweiflung riß die trennenden Mauern aus Rechthaberei und Hohn ein und ließ der Toleranz freien Raum.

»Ich bin hilflos«, flüsterte sie. »Er– du weißt, wen ich meine – hat etwas magnetisch Anziehendes.«

Sie schwiegen miteinander, bis ein Pochen an der Tür das Grauen wieder weckte. Ein erstickter Schrei kam über Carolines Lippen. Die Tür schwang auf, und Grantley trat ein.

»Verzeihung, Sir – Madam. Aber Mrs. Grantley brennt darauf, zu gähnen.«

Sheridan Croxley stand auf und zog sich, nach einem Blick in das bärtige Gesicht hinter dem Butler, ans Fenster zurück.

»Ich warne euch«, sagte er ruhig, »ich werde mich wehren.«

»Das wäre unklug«, meinte Grantley freundlich. »Wir wollen Ihnen keine Unannehmlichkeiten machen, und außerdem ist Widerstand zwecklos. Versuchen Sie doch zu verstehen, daß wir Ihnen nur helfen möchten, Ihre Möglichkeiten ausschöpfen.«

Mrs. Grantley kam ins Zimmer und hatte noch nie so grotesk ausgesehen. Mit einem seltsam steifbeinigen Gang kam sie näher. Ihre Augen glitzerten unbeweglich und starrten mit der kalten Eindringlichkeit einer Giftschlange auf den entsetzten Mann. Sie trat auf ihn zu, und er machte keinerlei Anstalten, sich zu verteidigen. Er starrte sie an wie ein hypnotisiertes Kaninchen mit hervorquellenden Augen, das weiße Gesicht von roten Adern durchzogen. Dann standen sie sich von Angesicht zu Angesicht gegenüber, wie Liebende vor einer Umarmung. Und die Maddy gähnte.

Ihr Mund öffnete sich, bis der Unterkiefer den Hals verbarg und die Oberlippe sich über die Nase zog. Er glich einer tiefen Höhle mit zwei Reihen verwitterter Grabsteine. Ein Gähnen – ein schauerliches Grollen begann irgendwo hinter ihrem mächtigen Busen und steigerte sich zu einem den Körper erschütternden Dröhnen. Nur ihr Kopf blieb ruhig. Dann erstarb das donnernde Gähnen. Beide Gestalten schienen zu bewegungslosen Statuen verzaubert zu sein. Croxley war vor Entsetzen erstarrt. Die Maddy glich einem Automaten, der ein vorgegebenes Programm abspult. Plötzlich beugte sie sich vor und preßte ihr klaffendes Maul auf den Mund von Sheridan Croxley. Caroline hörte das Zischen des ausströmenden Atems, sah, wie ein Schauer Sheridan durchlief und er ohnmächtig gegen die Wand sackte. Mrs. Croxley hob ihn hoch, als wäre er ein Kind, und legte den schlaffen Körper aufs Bett.

Der Butler gab ein befriedigtes Seufzen von sich.

»Machen Sie sich bitte keine Sorgen, Madam. Mr. Croxleys Bewußtlosigkeit wird nicht lange andauern. Wenn er wieder zu sich gekommen ist, werden Sie eine gewisse Veränderung seines Charakters feststellen. Meine Frau hat das, was man gemeinhin Seele nennt, ausgelöscht, und der gnädige Herr wird jetzt in der Lage sein, seine natürlichen Eigenschaften ohne ein hinderliches Gewissen zu entwickeln.«

Sie blickten beide auf Caroline, die das Gesicht in den Händen barg und leise weinte. Grantley schüttelte vorwurfsvoll den Kopf.

»Sie müssen keine Angst haben, Madam. Wir haben nicht die Absicht, Sie zu – entseelen. Normalerweise machen wir das nicht. Aber Mr. Croxley kann uns zu Diensten sein – wenn ich das mal so deutlich feststellen darf. Wenn der Herr zur vollen Reife gelangt ist, und er ist immerhin von einem Shaddy beleckt, von einem Mock angeblasen und von einer Maddy angegähnt worden, dann wird er einer von uns sein und unsere Interessen vertreten, wie wir es wünschen. Wir könnten ihn sogar ins Parlament bringen. Es wäre nett, jemanden von unserer Sorte im

Kabinett zu wissen. Wir haben einige Hinterbänkler, aber das ist nicht dasselbe.«

»Was . . . was haben Sie mit mir vor?«

Grantley lächelte und zupfte den Knoten seiner Krawatte zurecht.

»Es ist nicht immer klug, Suggestivfragen zu stellen, Madam. Aber wir werden Sie nicht brachliegen lassen.«

Sie gingen hinaus, und Caroline wartete auf das Erwachen ihres entseelten Ehemannes.

*

Die Sonne ging unter, als Sheridan sich rührte. Er richtete sich auf und sah sich verwirrt im Zimmer um. Caroline konnte keine Veränderung in seiner äußeren Erscheinung feststellen. Nur eine gewisse Leere in seinen Augen, die gewöhnlich bedeutete, daß er schlecht gelaunt war.

»Was, zum Teufel, ist passiert?« fragte er.

»Erinnerst du dich nicht?«

»Dann würde ich wohl nicht fragen. Wir saßen zusammen und hatten vor irgend etwas Angst. Ach ja, dann kam Grantley herein, mit seiner Frau. Sie ist auf eine merkwürdige Art ganz attraktiv.«

»Diese . . . dieses Ding . . . attraktiv?«

»Ich habe nicht erwartet, daß eine andere Frau das versteht. Jetzt mach, daß du rauskommst! Ich fühle mich nicht wohl, und etwas Schlaf wird mir sicher guttun.«

»Aber, Sheridan«, bat Caroline, »wir dürfen uns jetzt nicht trennen. Diese Frau hat dich angegähnt . . . und . . .«

Sheridan starrte sie mit einem unheilvollen Blick an, der sie an einen wütenden Hund erinnerte, der einen Eindringling gestellt hat und nun zum Angriff übergehen will. Der kalte, starre Blick verfolgte ihre Bewegungen. Voller Panik rannte sie zur Tür hinaus und stolperte die Treppe hinunter.

Marvin befand sich im Eßzimmer und sah auf, als sie hereinkam. Obwohl er sich zu freuen schien, machte er ihr zunächst Vorwürfe.

»Warum sind Sie fortgelaufen? Ich dachte, endlich hätte ich jemanden gefunden, dem das Gärtnern Spaß macht. Ich war so enttäuscht und wurde wütend. Und man darf mich nicht wütend machen!«

Trotz ihres furchtbaren Wissens geriet Caroline sofort wieder unter seinen Einfluß. Dieses hübsche, jungenhafte Gesicht! Sie lief zu ihm, faßte seine Hand und hielt sie an ihr Gesicht.

»Ich habe solche Angst. Bitte, helfen Sie mir.«

Er schien überrascht – geradezu entsetzt.

»Warum Madam? Ich bin nicht wütend.«

»Bitte, nennen Sie mich nicht Madam. Ich habe Angst vor Ihrem Vater – und den anderen. Sie haben etwas Schreckliches mit meinem Mann gemacht.«

Er nickte – fast heiter.

»Ich schätze, sie haben ihn entseelt. Nun wird er einer von uns sein und sich viel besser fühlen. Wie, möchten Sie etwa auch entseelt werden?«

»Nein.« Sie schüttelte heftig den Kopf und versuchte, ihr Gesicht an seiner Brust zu verbergen. Aber er wich zurück.

»Auch gut. Wir haben noch nie eine Frau entseelt. Vater hat sie immer verzehrt, und den Rest habe ich eingepflanzt . . . Frauen geben gute Körperchen ab. Ich denke, das werden wir auch mit Ihnen machen.«

»Nein!« Aufgebracht versuchte sie, ihn zu rütteln, aber er stand fest wie der Fels in der Brandung. »Sie dürfen sie nicht an mich heranlassen. Bitte . . . bitte . . . beschützen Sie mich, und ich werde alles tun, was Sie wollen. Alles.«

Diesen Vorschlag ließ Marvin sich eine Weile durch den Kopf gehen. Dann sah er sie mit schräg gelegtem Kopf an. »Alles? Auch mir jeden Tag im Garten helfen?«

»Ja, das werde ich . . . das werde ich.«

»Mir helfen, die kleinen Fleischbröckchen einzupflanzen? Das Gekröse herauszusuchen? Umpflanzen? Wässern? Hacken? Die Mischung zubereiten?«

»Ja, ja . . . o Gott . . . ja!«

Er nickte beifällig.

»Das ist ausgezeichnet. Sie machen mich sehr glücklich.«

»Dann beschützen Sie mich?«

Die unschuldigen blauen Augen blickten sie aufrichtig an.

»Wenn man Sie verzehren will, werde ich wütend.«

»Ja, aber beschützen Sie mich?«

»Das habe ich versprochen. Ich werde wütend.«

Mit dem gekränkten Gesicht eines Pfadfinders, an dessen Ehrenwort man zweifelt, ging er davon. Caroline sank auf einen Stuhl. Die Worte des verschiedenen Mr. Barker kamen ihr in den Sinn.

Fliehe, solang dich das Grauen nur streift,
Laß alle Hoffnung fahren, wenn der Shadmock pfeift.

Caroline kicherte, spitzte die Lippen und versuchte zu pfeifen. Was war boß so schrecklich daran? Aber, und ein eisiger Schauer durchrieselte sie, wer hätte gedacht, daß Schlecken, Gähnen oder Blasen etwas so Grauenvolles sein könnten?

»Was, zur Hölle, treibst du hier?«

Sheridan stand in der Tür. Verachtung spiegelte sich in seinen Augen. Sein Gesicht war blasser als früher; so totenbleich wie *sie.* Ein schwarzer Stoppelbart umschattete sein Kinn. Vielleicht war es eine Täuschung, aber schimmerten nicht zwei kleine Höcker durch sein Haar?

»Ich warte aufs Essen . . . oder so«, antwortete sie.

Er grunzte – oder knurrte –, dann schritt er durch die Tür zu den Dienstbotenunterkünften.

Ungefähr zwanzig Minuten später kam Grantley mit einem Servierwagen herein. Sein langes Haar war nicht mehr hochgesteckt, sondern beiderseits des Mittelscheitels um die spitzen Ohren gekämmt. Die beiden wie Ebenholz schimmernden Hörner lenkten die Aufmerksamkeit des Betrachters auf den wohlgeformten Schädel. Caroline konnte nicht umhin zu schreien und hielt sich die geballte Faust vor den Mund. Grantley übersah diskret ihre Panik, deckte den Tisch und verbeugte sich respektvoll.

»Mr. Croxley läßt Sie grüßen, Madam, und ich soll Ihnen ausrichten, daß er in der Küche zu speisen gedenkt. Er sucht seinesgleichen.«

Caroline äußerte sich nicht dazu, sondern starrte weiterhin auf die beängstigenden Hörner. Grantley warf noch einen prüfenden Blick auf den Tisch und schritt dann würdevoll zur Tür. Dort blieb er stehen und hüstelte.

»Da ist noch eine Kleinigkeit, Madam. Paßt es Ihnen, wenn Sie um acht Uhr ausgeblutet werden?«

Caroline gab ein seltsames Geräusch von sich, das mit dem Wort »ausgeblutet« endete. Grantley faßte das als Zustimmung auf.

»Ich bin Ihnen sehr verpflichtet, Madam. Ich muß mich für diese Eile entschuldigen, aber uns gehen die Grundnahrungsmittel aus, und Madams Beitrag werden wir zu würdigen wissen.«

Caroline stöhnte und sank von ihrem Stuhl auf den Boden. Sie merkte nicht, wie Grantley sie hochhob und ihren leblosen Körper wieder auf den Stuhl setzte. Er schob sie so dicht an den Tisch, daß er sicher sein konnte, dieser Vorfall würde sich nicht wiederholen.

Es besteht kein Zweifel, daß Mocks – abgesehen von einigen peinlichen Schwächen – vorzügliche Diener sind.

*

Der Shaddy und die Maddy kamen um acht Uhr zu ihr.

Zwei bärtige Gesichter, zwei Paar Hände, zwei muskulöse Rücken. Sie hoben Caroline von ihrem Stuhl und trugen sie hinaus durch einen langen Gang. Die Aussicht auf den bevorstehenden Tod wirkte belebend. Caroline wurde hellwach, als sie den langen, kärglich möblierten Raum betraten.

Was für eine Ausstattung! Ein langer Tisch, eine große galvanisierte Eisenwanne, zwei Plastikeimer, zwei Vorlegemesser, eine Säge und Gummischläuche. Grantley trug eine Metzgerschürze.

»Wenn sich Madam hinlegen würden«, er nickte zum Tisch hinüber, »könnten wir anfangen.«

Caroline strampelte, trat um sich, schrie und tat alles, um sich aus den eisernen Griffen zu befreien, aber es war hoffnungslos. Grantley schaute sie bestürzt an.

»Es ist bedauerlich, daß Madam nicht zur Zusammenarbeit bereit ist.«

Sie wurde näher an den Tisch mit den Gurten und der Kopfstütze herangezerrt, und als sie ihren Kopf drehte, sah sie Sheridan am Fenster stehen. Groß und billig glich er *ihnen* immer mehr, besonders als es in seinen Augen jetzt lüstern aufblitzte. Er stieß ein tiefes, grollendes Lachen aus und rieb sich verzückt die Hände.

Caroline konnte nirgendwo ein Zeichen ihres Beschützers entdecken, des Schönen mit dem tödlichen Pfiff. Sie schrie:

»Marvin, hilf mir! Marvin . . .«

Schon lag sie auf dem Tisch, und die zwei bärtigen Monster wollten sie gerade anschnallen, als sich die Tür öffnete – und er war da! Die blauen Augen vor Schreck geweitet, die vollen Lippen leicht geöffnet, das blonde Haar zerwühlt, als wäre er eben aus dem Bett gekommen. Er sagte nichts, sondern sah seinen Vater nur fragend an.

Grantley runzelte die Stirn. »Das geht dich nichts an. Wenn sie ausgeblutet ist, kannst du den Rest einpflanzen.«

»Ich möchte sie als Hilfe im Garten«, erklärte die sanfte Stimme.

Die Stirnfalten des Mocks vertieften sich. Ärgerlich schüttelte er den Kopf.

»Du kannst nicht immer alles haben, was du willst. Du mußt auch an die anderen denken. Ihre Substanz muß abgefüllt und gelagert werden, damit wir einen Vorrat für die Wintermonate haben. Du mußt endlich erwachsen werden und deine Verantwortung tragen.«

»Ich möchte sie als Hilfe im Garten«, wiederholte Marvin.

»Marvin«, versuchte die Maddy es mütterlich, »sei ein guter Junge. Wir haben dir den Börsenmakler zum Spielen überlassen, ehe wir ihn ausgetrocknet haben, und wir haben nicht eingegriffen, als du dem Grundstücksspekulanten die Beine ausgerissen hast, obwohl er hinterher für uns wertlos war. Aber jetzt ist ein

Zeitpunkt gekommen, wo wir hart bleiben müssen. Wir können sie nicht abschlecken und angähnen, denn sie besitzt keine Monsterqualitäten. Deshalb wird sie ausgeblutet, zerhackt und eingepflanzt. Und wenn du ein guter Junge bist, wirst du die herrlichsten Körperchen im nächsten Frühjahr ernten.«

Marvin öffnete und schloß unruhig seine Hände, während sein Körper sich starr aufrichtete. Seine Stimme war leise – fast nur ein Brummen.

»Laßt sie . . . laßt sie gehen.«

Ehe Grantley etwas sagen konnte, stürzte Sheridan mit geballten Fäusten vor, seine kleinen Augen glänzten feurig.

»Sieh her, alles ist bereit. Ich schätze, ich bin erst dann einer von euch, wenn die da«, er wies mit dem Kopf auf Caroline, »zerhackt ist. Ich habe Hunger, hübscher Knabe. Hunger nach mehr Macht, nach mehr Geld. Und wenn ich Hunger habe, zerquetsche ich jeden, der sich mir in den Weg stellt. Geh im Garten spielen, damit ich dir keine Lektion erteilen muß.«

Marvins Augen waren weit aufgerissen und bekamen jetzt ein verächtliches Funkeln. Gleichzeitig wirkte er jung und hilflos gegen den bulligen Sheridan Croxley. Sanft meinte er: »Ein Bauer muß lernen, seine Zunge zu hüten.«

Sheridans Faust traf den jungen Mann unter dem Kinn und ließ ihn quer durch den Raum taumeln, ehe er gegen die geschlossene Tür krachte.

»In Satans Namen, das hättest du nicht tun dürfen, neuer Bruder«, warf Grantley ihm vor. »Jetzt wird er wütend.«

»Ich bin wütend«, grölte Sheridan. »Verdammt wütend.«

»Schon, aber die Wut einer Fliege kann nicht mit dem Zorn eines Löwen verglichen werden.«

»Eine Fliege!«

»Ruhig!« Grantley wartete, bis sein Sohn wieder auf die Beine gekommen war. »Nun, Junge, beherrsche dich. Unser neuer Bruder wird für seine Unbeherrschtheit bestraft werden. Daran darfst du nicht zweifeln. Also werde nicht wütend. Er allein ist zu tadeln, so laß uns nicht alle leiden.«

Marvin holte tief Luft, wenn man das grollende Sauerstofftanken so nennen konnte. Grantley zögerte einen Moment, dann besann er sich und stürzte zum einzigen Fenster. Er erreichte es als dritter, denn sein Vater und seine Frau hatten den gleichen Einfall.

Der Fensterrahmen barst, die Scheibe splitterte, und Großvater Shaddy hatte gerade seinen Kopf und die Schultern herausgezwängt – da begann das Pfeifen.

Caroline sah, wie Marvins Augen sich weiteten, seine Hände sich nach innen drehten, so daß ihr zarter unbehaarter Handrükken zu sehen war. Die Finger waren gespreizt, die rosa Zunge rollte sich ein. Dann ertönte das Pfeifen. Es hatte seinen Ursprung irgendwo tief im Bauch und wuchs, bis es aus der Kehle als ein unerträglich schriller Ton herausplatzte.

Laß alle Hoffnung fahren, wenn der Shadmock pfeift.

Mitten in diesem Grauen dachte Caroline: »Gar nicht so schlecht. Aber was kann ein Pfeifen schon ausrichten?« Dann änderte sie schnell ihre Meinung, als das Pfeifen stärker wurde. Der Ton wurde immer höher, bis die Wände zu zittern schienen und alles Glas zerbrach. Plötzlich schoß ein bleistiftdünner Lichtstrahl aus dem Mund des Shadmocks, der Sheridan am Ansatz der Kehle traf.

Der große Mann schrie auf, krallte die Finger in die Luft und fiel dann über den Tisch. Schlaff hing sein Kopf über der Kante. Blut quoll aus seinem Mund und bildete auf dem Boden eine rote Lache.

Der Shadmock ging langsam vorwärts, und der pfeifende Ton wurde immer höher, während der Lichtstrahl weiter pulsierte und über das Knäuel von Körpern flackerte, die im Fensterrahmen eingeklemmt waren. Marvin bewegte seinen Kopf langsam hin und her, und die drei Körper wanden sich schreiend und jammernd. Nur Sheridan blieb still.

In dem Moment erkannte Caroline, daß die Tür unbewacht war. Wie eine Maus kroch sie vorwärts, den Atem anhaltend schlich sie hinaus in den Gang.

Die Haustür war nicht verschlossen.

Verzweifelt jagte Caroline die Auffahrt hinunter. Äste schlugen gegen ihren Kopf. Sie stolperte über Schlaglöcher. Die Angst saß ihr im Nacken.

Sie wankte um die Wegbiegung und sah das Tor, gottlob unbewacht. Die eiserne Barriere, die sie von dem Alltagsleben trennte, das man normal nennt. Instinktiv rannte sie darauf zu, nicht weiter über ein lauerndes Unheil nachdenkend.

Das Tor war verschlossen. Eine dicke Eisenkette war mehrmals um die rostigen Gitterstäbe geschlungen. Sie krallte die Hände um das rauhe Eisen und rüttelte daran. Hoffnungslos flehte sie: »Helft mir . . . helft mir.«

Kaum hatte sie gerufen, da knackten Fußtritte im Unterholz, und Marvin erschien unter den Bäumen. Schön wie Adonis, graziös wie eine goldene Schlange ging er auf sie zu. Sofort wich die Furcht, der Drang zu fliehen einem sklavischen Verlangen. Seine Stimme war zärtlich, aber vorwurfsvoll.

»Warum bist du fortgelaufen? Ich war nicht böse auf *dich!*«

»Ich hatte Angst.«

Er führte sie die Auffahrt entlang zurück, während er auf sie einredete wie ein Enthusiast, der endlich eine verwandte Seele gefunden hat, die seine brennenden Interessen teilt. »Es besteht kein Grund zur Angst. Meine Eltern haben beschlossen, mich meinen Weg gehen zu lassen. Das machen sie zum Schluß immer. Nun kannst du mir im Garten helfen. Wir müssen deinen Mann zum Einpflanzen vorbereiten. Hilfst du mir?«

»Ja . . . ja, Marvin.«

»Ihn zurechtschneiden und beobachten, wie er reift?«

»Ja, Marvin.«

»Und du wirst mich nicht wütend machen, nicht wahr?«

»Nein, Marvin.«

»Ich denke, daß ich manchmal wütend werde. Ich kann nichts dafür. Aber es tut mir immer schrecklich leid hinterher. Das sollte eine Beruhigung für dich sein. Immer . . . hinterher.«

Sie verschwanden um die nächste Biegung, und für eine Weile herrschte Frieden unter den schlummernden Bäumen und den felsigen Hügeln ringsum. Dann flog eine Schar Krähen auf. Mit lauten Flügelschlägen und Krächzen bildeten sie schwarze Schatten am wolkigen Himmel.

Viertes Zwischenspiel

Unter beifälligem Gemurmel endete der Film. Begeistert klatschten Donalds neue Freunde Applaus. Als die Lichter angingen, beugte sich der Ghul vor und wandte sich an die Zuschauer in der ersten Reihe.

»Gentlemen, ich glaube, Sie stimmen mir zu, wenn ich dem Unterhaltungsausschuß danke, daß er diesen Film für uns organisiert hat. Wieder haben wir hier die von mir bereits erwähnten Handlungsträger. Monster und Menschen. Ein böser Triumph und ein trauriges Ende. Was will man mehr?«

Alle pflichteten ihm bei, und der Wervamp äußerte sein uneingeschränktes Lob: »Ich fühle mich wie frisch beerdigt. Ich muß gestehen, es gab einen schlimmen Moment, als ich dachte, das Biest würde entwischen. Der Hölle sei Dank, daß das Tor verschlossen war. Daraus folgt: Schaut die Unaufmerksamkeit zum Fenster herein, fliegt das Essen zum Tor hinaus.«

Eramus stieß Donald in die Rippen. »Haben Sie schon mal Körperchen gegessen?«

Heftig schüttelte der junge Mann seinen Kopf und bemühte sich, nicht so krank auszusehen, wie er sich fühlte. »Nein, . . . ich denke, es würde nicht zu mir passen.«

Eramus schmatzte. »Sie haben keine Ahnung, was Ihnen da entgeht! Wie Sie wissen, kriege ich normalerweise nichts Festes runter, aber eine Platte Körperchen in roter Tunke macht mich so glücklich wie einen Ghul bei einer Beerdigung. Entschuldigung, Sir.«

»Schon gut«, winkte der Ghul lächelnd ab. »Ein bißchen direkt, aber ich verstehe Sie. Ich mag die Köstlichkeit am liebsten gebacken. Hallo, was gibt's?«

Ein grauhaariger, ausgesprochen gutaussehender Vampir war auf die Bühne gekommen und gebot Ruhe mit seinen Händen. Das leise Geplauder erstarb, und Eramus stieß Donald wieder an.

»Lintom Busotsky, der Filmproduzent. Dieses Jahr ist er Club-Präsident. Er hat einiges in dieser Zeit herausgebracht.«

»Pst«, machte der Ghul. »Denken Sie an die Worte des Dunklen John, unseres Philosophen: Der Kleine sollte still sein, wenn der Große spricht.«

Mit betont amerikanischem Akzent sprach Lintom Busotsky:

»Liebe Mitglieder. Ich schätze, Sie sind nicht hergekommen, um sich lange Reden anzuhören. Aber, meine Damen und Herren, heute nacht haben wir etwas Besonderes für Sie. Ich muß wohl ein paar Worte dazu sagen. Bleiben Sie also sitzen, wir haben noch einen Film für Sie.«

Freudige Erregung ging durch die Reihen, und Eramus rieb sich gespannt die Hände.

»Kinder, ein zweiter Film, und der wird uns keinen Tropfen kosten!« rief er begeistert.

»Seien Sie bloß ruhig«, warnte der Ghul, »oder wollen Sie, daß man Ihre Blut-Ration wieder kürzt? Sie wissen doch, daß er sich nicht gerne unterbrechen läßt.«

»Heute abend«, fuhr der Präsident fort, »möchte ich Ihnen einen meiner frühen Filme zeigen. Er erzählt die Geschichte eines unserer oft verachteten Verwandten – leider zu oft, möchte ich hinzufügen. Damit meine ich den einzigartigen, den wahnsinnige, den von unten kommenden, ja, Freunde – den Fluchtdämon. Besser bekannt als das gute alte Nachtgespenst.«

Ein dröhnendes Gelächter erfolgte auf diese Ankündigung, bzw. was in diesem Club als Gelächter galt. Verwundert schüttelte der Ghul sein fahles Haupt.

»Was für ein Typ! Welch eine Vereinigung von Genius und Starrsinn!«

»Für diesen Film habe ich mir jede Menge Kritik eingehandelt«, fuhr der Filmproduzent fort, »denn dieser Film endet glücklich für die Menschen . . .«

Dieses Bekenntnis erntete Protestgeschrei, das der Präsident mit vorgetäuschter Ruhe abwartete.

»Immer sind wir die Glücklichen. Aber, Kinder, ist so das Leben? Wir Monster kriegen immer das dicke Ende der Wurst bis zum Tage des Schwarzen Herrn.«

Daraufhin machten einige ein X und murmelten »Satan sei bei uns«.

»Obschon der Fluchtdämon ein Mitglied unserer ehrenwerten

Gesellschaft ist, schätzt man ihn nicht sonderlich. Er stammt aus grauer Vorzeit und sollte endlich einen angemessenen Platz unter uns finden. Alle anwesenden Fluchtdämonen möchte ich besonders herzlich begrüßen.«

Einige Fluchtdämone standen auf, breiteten ihre Flügel aus und nahmen den Applaus entgegen. Der Filmproduzent klatschte und wischte sich dann den Mund mit einem schwarzgesäumten Taschentuch ab.

»Nun, ich schätze, das war alles, was ich sagen wollte. Lehnen Sie sich zurück, genießen Sie den Film, und benehmen Sie sich auf den hinteren Sitzen.«

Donald hielt das für einen guten Rat, denn die hübsche Vampir-Dame bleckte drohend ihre Zähne hinter ihm, bis sich ihr ein vermeintlicher Don Juan näherte. Das Licht ging aus, und die roten Vorhänge teilten sich. Auf der Leinwand erkannte er zunächst nichts als unscharfe Wolken, zu denen eine donnernde Stimme verkündete:

Der Fluchtdämon

Nehmet zur Kenntnis, daß es die Erde gibt und all jene, die dortselbst atmen, essen und wandeln.

Dann aber ist da das Unterirdische mit all jenen, die nicht atmen, essen oder wandeln.

Fleischlos sind sie und verfügen doch über Substanz: Sie sind weder müßig noch mühen Sie sich, doch sind sie ständig am Werk. Sie sprechen nicht und verstehen sich doch. Ihr gewöhnlicher Aufenthalt befindet sich in den unteren Regionen jenes unbekannten Landes, das die Menschen Hades nennen. Und seit dem Anfang aller Zeit krochen, wanden sich oder flogen sie zwischen den düsteren, feuerspeienden Bergen, die die nebelverhangenen Täler begrenzen.

Dort hausen jene, die sich über zahllose Zeitalter hinweg entwickelt haben, bis sie endlich ein Bewußtsein ihrer selbst erlangten. Mit dem Wissen kommt das Verlangen, mit dem Verlangen der Entschluß, und aus dem Entschluß folgt das Handeln. Gleich Würmern erkrochen sie sich ihren Weg durch dunkle Tunnel von dem Ort, wo die verlorenen Seelen schmachten, auf den Planeten der atmenden Geschöpfe. Für einige bedeutete das Licht ihr Verderben, und sie gingen daran zugrunde. Andere suchten das Schattendasein oder kamen nur hervor, wenn die Wolken den nächtlichen Himmel verdunkelten. Aber einige lernten die Gelüste des Menschen kennen und paßten sich an. Eines dieser Wesen wurde einst von den Weisen der alten Zeit bedacht mit dem Namen: Fluchtdämon. Aber das einfache Volk fand ein anderes Wort für diese nächtliche Heimsuchung: Teufelsvogel.

*

Das kleine Haus stand am Rande des ausgedehnten Waldgebietes und wirkte auf einen Betrachter mit lebhafter Phantasie, als wäre es eben aus dem Schutz der Baumriesen hervorgekrochen, um zögernd den Sonnenschein zu genießen. Ein weißer Zaun zog sich um einen winzigen Garten mit schmalen Kohl- und Möhrenbeeten. Einige Kartoffelstauden setzten grüne Tupfen, und der bunte Flickenteppich wogte sanft in der leichten Morgenbrise. Früher einmal hatte das Cottage einem Holzfäller als Wohnung gedient, davor einem Köhler. Jetzt wohnten Newton C. Hatfield und seine Tochter Celia darin. Newton war ein bekannter Schriftsteller, Celia eine hoffnungsvolle Nachwuchsschauspielerin, die in ihren Arbeitspausen versuchte, in die literarischen Fußstapfen ihres Vaters zu treten. Der dritte Bewohner war ein schwarzer Kater, der auf den Namen Tobias hörte. Ein tüchtiger Jäger vor dem Herrn, der lebende Feldmäuse nach Hause brachte und mit dem Ausdruck tiefster Verwunderung beobachtete, wenn Celia mit Entsetzen auf einen Stuhl sprang. Bei solchen Anlässen pflegte Newton die Maus einzufangen und am Waldrand freizulassen.

»So ein Unsinn«, brummte er. »Angst vor einem Geschöpf, das in der hohlen Hand Platz findet.«

»Aber es könnte an meinen Beinen hochkrabbeln.«

»Was, zur Hölle, sollte es da wollen?« erkundigte sich ihr Vater. »Es hat nicht die Moral eines dieser Typen, mit denen du dich ständig abgibst.«

»Du bist ein scheußlicher alter Mann.«

»Scheußlich mag ich sein, alt niemals.«

Eines Tages brachte Tobias einen Vogel heim.

Es war ein wohlgeratener Star, in keiner Weise verletzt, denn Tobias behandelte seine Opfer zart. Ihm genügte die Freude an der Jagd. Erwartungsvoll setzte er sich hin und hoffte auf Beifall. Einmal freigelassen versuchte der Vogel, durch die Fensterscheiben zu fliegen. Außer sich vor Sorge um den kleinen Wicht behinderte Celia ihren Vater, der ihn einfangen wollte. Sie klammerte sich an den Arm ihres Vaters und flehte ihn an, nur ja vorsichtig zu sein – »tu dem armen, kleinen Ding nur nichts«. Newton konnte ein Badehandtuch über das Tierchen werfen und trug es vor die Haustür, wo er ihm die Freiheit schenkte. Er beobachtete, wie der Vogel auf den nächsten Baum flatterte.

»Weiber!« Bekümmert schüttelte er den Kopf. »Ich werde euch nie verstehen. Du gehst die Wände hoch, wenn eine winzige Maus auch bloß ein Pfötchen in deine Richtung setzt, aber wirst ganz närrisch, wenn ein großer Vogel gegen eine Scheibe flattert. Ist dir klar, daß du einigen Grund zum Jammern gehabt hättest, wenn er sich in deinen Haaren verfangen hätte?«

»Aber . . . aber es war doch nur ein armer, kleiner Vogel.«

»Und was ist mit diesem Tiger, der unterm Tisch hockt?«

Celia beugte sich herunter und kraulte Tobia's Ohren. Eine Geste, die Tobia's volle Zustimmung fand.

»Er hat nur getan, was seine Natur ihm vorschreibt.«

»Ich gab's auf.«

Zwei Tage später brachte Tobias etwas mit, was weder ein Vogel noch eine Maus war.

Sie entdeckten es abends, als sie von einem Stadtbummel zurückkehrten. Es kroch über den Teppich und gab fremdartige, zwitschernde Laute von sich, als sie hereinkamen. Newton fluchte und warf Tobias einen finsteren Blick zu. Der Kater kauerte in einer Ecke und betrachtete seinen Fang mit größter Aufmerksamkeit. Mit einem bestürzten Schrei rannte Celia drauflos.

»Oh, du armes, kleines Ding.«

Newton packte seine Tochter am Arm und zog sie zurück.

»Warte. Ehe du in Verzückung gerätst, möchte ich herausfinden, was es ist.«

»Es ist eine Art Vogel.«

»Meinst du?« Newton beugte sich vor und beäugte die Kreatur skeptisch. »Na, so einen Vogel habe ich noch nie gesehen. Schau selbst.« Den Schwanz nicht mitgerechnet war das Wesen fünfzehn Zentimeter lang und besaß ein Paar lederner Schwingen, mit denen es über den Teppich kroch. Aber als es seinen Schwanz entringelte, der irgendwo zwischen den winzigen Hinterbeinen aufgerollt zu sein schien, kamen noch mal fast acht Zentimeter dazu. Newton stapfte in die Diele und kehrte mit einem dicken Spazierstock zurück.

»Du wirst ihm doch nichts tun?« erkundigte sich Celia.

»Ach, um Himmels willen.« Er stupste sie zur Seite und setzte die Stockspitze unter einen Flügel an. Dann drehte er das Getier auf den Rücken. »So, hast du jemals etwas Ähnliches gesehen?«

Ein winziger, mit schwarzem Fell bedeckter Körper, der in gekrümmten Hinterläufen endete. Ein schmales, kleines, weißes Gesicht, das völlig kahl war und von einem ungewöhnlich blauen Augenpaar beherrscht wurde. Ein schwarzes Haarbüschel fiel in die Stirn. Scharfe, spitze Zähnchen schimmerten zwischen den roten Lippen hervor. Newton hatte den Eindruck, als lachte es ihn an. Die spitzen Ohren bewegten sich nicht.

»Ist es nicht süß?« meinte Celia.

»Süß!« Newtons Wutausbruch ließ das Wesen aufschauen, und seine Lippen schlossen sich. »Süß!« Das ist das grauenvollste Ding, das ich je gesehen habe.«

»Oh, nein. Ich denke, es könnte so eine Art Fledermaus sein.«

»Ach!« Newton nickte finster. »Eine Maus, eine fliegende Maus.«

»Ja, ich weiß. Aber es ist nicht das gleiche. Schau dir seine Augen an!« Mit einem gewinnenden Lächeln neigte sich Celia vor. »Das ist keine häßliche alte Maus. Es ist ein kleines Hutsche-Pu. Jawohl . . . ein kleines Hutsche-Pu.«

»Hör auf! Wie kannst du bloß so zu einer . . . einer Monstrosität sprechen wie der da vor uns? Gib mir eine Schaufel, und ich werde es so weit wie möglich vom Haus fortschaffen.«

Celia stieß ein Protestgeschrei aus, und das Wesen zwinkerte mit den blauen Augen und schaute sie zustimmend an.

»Wie kannst du nur so herzlos sein? Wahrscheinlich ist es verwundet, sonst würde es herumfliegen. Wir müssen uns darum kümmern. Da es unser Kater war, der es verletzt hat, ist es das mindeste, was wir tun können.«

»Dann laß doch den Kater nach ihm sehen«, schlug Newton vor.

Doch Celia ignorierte diesen Seitenhieb. Sie zerriß einen Wäschesack, was Newton furchtbar aufregte, und nahm sachte das kleine Wesen hoch. Vorsichtig setzte sie es in ihr selbstgebasteltes Nest. Eine Sekunde später rieb sie sich die Hände.

»Himmel, ist das kalt! Wie Eis. Meinst du, wir sollten eine Wärmflasche . . .«

»Nein. Ich kann einfach nicht verstehen, wie du es überhaupt anfassen kannst.« Newton tobte. »Ist dir klar, daß es dich hätte beißen können?«

»Quatsch. Es sieht so glücklich und zufrieden aus. Ich möchte wetten, daß es zahm ist und schon bei Menschen gelebt hat.«

Newton zog sich ins Hinterzimmer zurück, das er zum Arbeiten benutzte, und Celia trug, beruhigend auf das Wesen einredend, das Nest in die Küche und plazierte es in der Nähe des Herdes. Was sie störte war, daß ihr neues Spielzeug jede Nahrung verweigerte. Sie versuchte es mit Milch und Brot, bot ihm Tobias' Katzenfutter an und eine Scheibe kalten Lammbraten. Sogar ein Viertelpfund von Newtons geräuchertem Schinken, der für seinen Nachmittagstee reserviert war, wollte sie opfern – vergeblich. Das Geschöpf ignorierte alles Dargebotene, starrte jedoch Celia mit noch größerer Zuneigung an als vorher. Es wollte auch nicht schlafen, sondern lag auf einer von Newtons Strickjacken und beobachtete jede Bewegung seiner Beschützerin. Manchmal, wenn sie außer Sichtweite war, lugte es über den Rand des ehemaligen Wäschebeutels.

»Ich mache mir schreckliche Sorgen«, informierte Celia ihren Vater, als es schlafenszeit war. »Es hat nichts gegessen und ist hellwach. Meinst du, ich sollte einen Tierarzt rufen?«

»Wäre keine schlechte Idee«, stimmte Newton zu, »der könnte es für alle Zeit zum Schlafen bringen.«

»Du bist eine grausame, herzlose Bestie.«

»Mag sein, aber dieses Ding gibt mir den Rest.«

Es war drei Uhr früh, als sie in sein Zimmer trat. »Pa, wach auf. Es ist weg.«

Er setzte sich auf, machte die Nachttischlampe an und blinzelte.

»Was? Wer ist weg?«

»Na, das kleine Ding. Ich bin die Treppe hinunter, um zu sehen, wie es ihm geht. Die Hintertür stand auf, und es war weg.«

»Prima.«

»Aber, Pa. Schlaf nicht wieder ein! Wer hat die Tür aufgeschlossen?«

»Das ist der Haken an der Sache.« Er saß senkrecht im Bett und kratzte sich am Kopf. »Du hast vielleicht nicht abgeschlossen.«

»Doch, hab' ich. Und ich erinnere mich, daß das kleine Ding sich aufsetzte und mich dabei beobachtete. Ehrlich, würde ich zu Bett gehen, wenn die Hintertür weit offenstünde?«

Newton gähnte. »Du willst doch nicht sagen, daß dieses kleine Greuel einen schweren Riegel verschieben und die Türklinke drücken kann? Obwohl, wenn ich so darüber nachdenke . . .«

»Ich weiß nicht, was ich denken soll. Ich weiß nur, daß die Tür offen steht und das süße kleine Ding fort ist.«

Newton schüttelte ein Kissen zurecht. Dann mach die Tür zu und geh zu Bett.«

»Und wenn es zurückkommt?«

»Wird es ein enttäuschtes Greuel-Tier geben.«

Kopfschüttelnd verließ Celia ihn, und amüsiert hörte Newton sie von der Hintertür rufen: »Komm, Kleines . . . komm . . . komm.« Sie erhielt eine Antwort von Tobias, der mit freudigem Schrei einen vermeintlichen Morgenimbiß erwartete. Enttäuscht ging sie zu Bett.«

Am nächsten Morgen lächelte sie ihren Vater über den Frühstückstisch hinweg an. »Es ist wieder da.«

Newton langte nach dem Marmeladentopf. »Was? Wer?«

»Das kleine Ding. Es hockte auf meinem Kleiderschrank, als ich erwachte.«

»Tatsächlich? Wie kam er . . . es dahin?«

»Durchs Fenster. Ich habe es offengelassen.«

Etwa drei Minuten schwiegen sie, dann runzelte Newton die Stirn.

»Schau, bislang habe ich das alles noch nicht so ernst genommen. Aber jetzt werde ich stutzig. Irgend etwas – ich weiß nicht –, irgend etwas stimmt mit diesem verdammten Ding nicht. Wir wissen überhaupt nicht, was es ist oder woher es kommt. Meiner Meinung nach ist es aus einem Zoo oder einer privaten Exotensammlung entwichen. Vielleicht sollten wir an die Zeitung . . .«

»Nein.« Mit blitzenden Augen stand Celia auf. »Es tut dir nichts, und wenn es aus einem Zoo geflohen ist, bin ich darüber froh. Das Kleine bleibt bei mir, basta!«

»So sprichst du nicht mit mir. Ich bin keiner von deinen Theaterlümmeln. Das ist mein Haus, und wenn ich sage, dieses Mini-Greuel verschwindet – dann verschwindet es!«

»Und ich sage dir – es bleibt. Ich bin kein Kind mehr, das du herumkommandieren kannst!«

Ihr Streit wurde von klatschendem Flügelschlagen unterbrochen. Es rauschte durch die Luft, und das fliegende Geschöpf kreiste unterhalb der Zimmerdecke und ließ sich dann auf dem

Tisch nieder. Mit gefalteten Flügeln saß es da und schaute die Streithähne mit glühenden Augen an. Newtons Ärger wich einem Gefühl der Angst. Auf dem winzigen Gesicht lag der Ausdruck unbändigen Vergnügens. Abwechselnd hing sein Blick an den beiden, als ob es die größtmögliche Befriedigung aus dem Anblick der verstörten Mienen gewinnen wollte. Es stellte die spitzen Ohren so, daß ihm auch nicht das leiseste Wutgeräusch entging. Newton faßte seine Gedanken in Worte.

»Das verdammte Ding freut sich an unserem Krach.«

»Sei nicht albern.«

»Heiliger Strohsack, sieh doch! Es leckt sich die Lippen. So als hätte es gerade ein gutes Essen verschlungen.«

»Es freut sich, uns zu sehen.«

Newton lachte freulos.

»Sag, was du willst. Irgend etwas an ihm ist unheimlich.«

Er ließ den Satz in der Luft hängen, als hätte er vergessen, was er noch sagen wollte, und heftete seinen Blick auf das grinsende Wesen. Es war einzigartig. Mehr noch, das winzige Gesicht, die schlanke Form und vor allem die ungewöhnlich blauen Augen waren unbeschreiblich schön. Er wunderte sich, daß er es nicht schon vorher bemerkt hatte. Es war eine bösartige Schönheit, die die abstoßende Faszination einer angreifenden Schlange mit dem erregenden Charme einer jungen Raubkatze vereinte, aber die Schönheit war da. Oder genauer, eine ganz ungewöhnliche Anziehungskraft. Plötzlich fühlte Newton einen seltsamen Drang – ein überwältigendes Bedürfnis –, seinen Kopf zu streicheln und es auf seinen Schoß zu nehmen, um ihm die Ohren zu kraulen. Abrupt wandte er sich ab und schnauzte: »Mach, was du willst, aber sorg dafür, daß es mir nicht mehr unter die Augen kommt.«

*

Im Laufe der nächsten Tage entdeckten Vater und Tochter, daß etwas in ihrer Beziehung zueinander fehlte. Das liebevolle Spotten, die Kameraderie, die plötzlich unvermutet in ein leichtes Flirten umschlug. Jetzt gingen sie höflich miteinander um, wogen jedes Wort ab. Sie glichen zwei Menschen, die in eine Sprengstoffabrik geraten sind und wissen, daß jeder falsche Schritt eine Explosion auslösen kann. Newton tat, als habe er das Geschöpf vergessen, und Celia bemühte sich vorsichtshalber, es nie zu erwähnen. Natürlich wußte er, daß es noch da war. Oft, wenn die Küchentür offenstand, hörte er das seltsame Flattern. Er verspürte den furchtbaren Drang, hinzugehen und den gleitenden, graziösen Flug zu beobachten, seine Augen auf das böse, hübsche Gesichtchen zu heften. Aber tapfer blieb er hinter seiner Schreibmaschine sitzen und versuchte, seine Finger in Einklang mit seinem Hirn zu bringen. Aber solange das Rätsel in seinem Haus war, konnte sein Verstand nicht mit Handlungsabläufen spielen, Spannungsbögen entwerfen und Sätze komponieren. Er entschloß sich, die Barriere von Verdacht und Mißtrauen zu durchbrechen.

»Ich gehe in die Stadt zurück«, erklärte er eines Morgens beim Frühstück. »Ich habe meine Arbeit im Entwurf beendet und möchte mit meinem Agenten sprechen, ehe ich weitermache.«

Celia machte: »Oh!«, dann goß sie sich eine neue Tasse Kaffee ein.

»Was hast du vor?« erkundigte er sich beiläufig. »Hättest du Lust, mit mir zu fahren?«

»Danke, nein. Ich werde noch ein bißchen hierbleiben.«

»Aber es ist doch viel zu einsam hier. Wie kannst du allein hierbleiben?«

»Ganz einfach. Ich verschließe die Tür und lass' niemanden rein!«

Gereizt schmetterte er seine Tasse auf den Boden. »Schau, dieses Haus ist gedacht als ein Ort zum Luftholen. Wir sind drei Wochen hier gewesen, und ich denke, es ist an der Zeit, ins Tagesgeschehen zurückzukehren. Hast du keine Arbeit in Aussicht?«

Sie zuckte die Schultern. »Mal sehen.«

»Was soll das heißen?«

»Ich werde bleiben.«

»Warum?« brüllte Newton und dachte an das Flügelschlagen,

aber die Tür war zu, und sein Ärger mußte heraus. »Das wolltest du sonst nie. Wenn du nicht alleine wärst, könnte ich es verstehen. Warte, ich hab's. Du erwartest einen Mann. Kaum, daß ich fort bin.«

»Wenn dem so wäre, ginge es dich gar nichts an.« Haßerfüllt starrte sie ihn an. Sie schrie und tobte, daß es ihn schockierte. »Ich brauche deine Erlaubnis nicht, um mir einen Mann ins Bett zu holen. Wenn ich eine ganze Armee hier eingeladen hätte, ging es dich einen Dreck an! Es wird Zeit, daß du dich daran erinnerst. Du bist mein Vater, nicht mein Ehemann.«

Er holte aus und schlug sie so heftig auf die linke Wange, daß sie gegen die Tür stürzte. Hinter der Tür hörte man aufgeregtes Flügelschlagen. Celia lag auf dem Boden und fluchte, Ausdrücke gebrauchend, von denen ihr Vater nicht geahnt hatte, daß seine Tochter sie kannte. Ein Rest von Vernunft riet ihm, aus dem Zimmer zu rennen. Die Tür flog auf, und er stürzte wütend zum Auto, ohne die Gefahr erkannt zu haben. Als er auf der Hauptstraße fuhr, erkannte er, was für eine Gefahr! Als die Flügel laut gegen das Holz der Tür geklatscht waren, gehämmert hatten wie sein wütender Herzschlag, war er nahe daran gewesen, seine eigene Tochter zu ermorden!

*

Newton verbrachte den restlichen Tag in seiner Stadtwohnung. Er versuchte, nicht zu denken, aber die Gedanken schwirrten durch seinen Kopf wie aufgescheuchte Ratten. Seit dem Tod seiner Frau vor sieben Jahren bestand zwischen ihm und Celia eine ausgesprochen harmonische Beziehung. Welche Unstimmigkeiten auch immer sich ergeben hatten, nie hatten sie Haß ausgelöst, und sie waren meist schnell vergessen. Aber jetzt war es zweimal zu unverhohlenen Haßgefühlen gekommen, und er hatte sie sogar geschlagen. Es gab nur die Erklärung dafür, daß sie entweder beide verrückt wurden oder das kleine Monster irgendwie dafür verantwortlich war. Er erinnerte sich des glücklichen Ausdrucks, als sie sich miteinander gestritten hatten, und der Flügelschläge an der Tür, die ihn geradezu anfeuerten. Aber was war es? Seine Vorstellungskraft ließ nur die Folgerung zu, daß es sich um ein Tier handelte – war es ein Tier? –, das an die niedrigsten Instinkte rührte und Kraft aus dem wütenden Tumult zog. Jetzt, hier im Herzen von London, war die Idee grotesk, aber jedes Argument, das er dagegen vorbrachte, wurde von den erlebten Tatsachen widerlegt. Er wandelte noch ein wenig auf geistigen Abwegen. Falls dieses Ding – was immer es sein mochte – seine Energie aus den schwarzen Abgründen der menschlichen Natur erhielt, dann folgte daraus, daß er und Celia es *gefüttert* hatten. Und wie jeder weiß, ist das Ergebnis von Nahrungsaufnahme *Wachstum*. Als Newton die volle Tragweite dieser Erkenntnis begriff, raste er die Treppe hinunter und sprang in sein Auto, um zurückzufahren.

*

Newton bremste und schaute zum Cottage und der Reihe großer Bäume im Hintergrund hinüber. Im fahlen Mondlicht wirkte jeder Gegenstand in der Landschaft wie frisch gestrichen. Die Stille traf ihn wie ein Schlag, dieses absolute Fehlen eines Geräusches. Wie aus einem Traum erschien ihm die Szenerie: die bewegungslosen Bäume, das einsame Häuschen mit den glänzenden Fenstern, gleich wachsamen Augen, und das glitzernde Band der Straße, die nie ein menschlicher Fuß betreten, nie ein Autoreifen berührt zu haben schien.

Doch plötzlich, als wollte man sich lustig machen, kam Bewegung in die Landschaft. Rechts öffnete sich ein Fensterflügel, Celias Schlafzimmer – und ein schwarzer Schatten glitt ins Mondlicht. Es hockte einen Moment auf dem Fensterbrett und schwang sich dann graziös mit ausgebreiteten Flügeln in die Lüfte. Newton fühlte das Grauen wie einen schwarzen Eisklumpen in seinem Magen. Das Wesen umkreiste das Cottage und flog dann auf den Wald zu. Für einen Augenblick fiel das helle Mondlicht auf seine Gestalt, so daß der schmale Kopf mit den spitzen Ohren und dem schwarzen Haarbüschel sowie der schlanke Körper mit den ausgebreiteten Schwingen deutlich zu erkennen waren. Aber es hatte sich schrecklich verändert. Es war *gewachsen!* Es maß etwa achtzig Zentimeter, und dabei hatte es den Schwanz noch zwischen den Hinterfüßen eingerollt. Newton stieß einen schrillen Schrei aus, drückte den Selbststarter, raste den Hügel hinauf und hielt mit kreischenden Bremsen vor der Haustür.

In der verlassenen Diele fühlte er das Entsetzen. Das Wohnzimmer glich einem Schlachtfeld, auf der Treppe lag ein Kleiderfetzen, drei Stufen weiter ein verlorener Schuh. Die Tür zu Celias Schlafzimmer war offen wie das Fenster, wo wehende Nylongardinen an einen Brautschleier erinnerten. Sie lag quer über dem Bett. Die Kleider waren ihr vom Leib gerissen, tiefe Schrammen verunstalteten ihr Gesicht und den weißen Körper. Als Newton, der wie ein Kind, das die Bedeutung der Finsternis erkannt hatte, vor sich hin weinte, sich über sie beugte, öffnete Celia die Augen und murmelte verschlafen: »Es ist erwachsen.«

*

Sie diskutierten bis tief in die Nacht. Newton schrie, drohte, verließ mehrmals das Zimmer, kehrte aber immer wieder zurück. Schließlich bat er:

»Komm mit mir. Du kannst nicht . . . niemand kann an diesem Ort bleiben. Bitte, höre auf mich.«

Die üblen Schrammen auf Gesicht und Händen verblaßten allmählich, aber sie sah noch immer mitgenommen genug aus. Das Schlimmste für Newton war Celias Lächeln, ihre kühle Weigerung, über das, was geschehen war, zu reden, und ihre feste Absicht, im Cottage zu bleiben.

»Geh du«, meinte sie, »wir wollen dich nicht. Du bist viel zu spießig.«

»Um Himmels willen!« Er sah sie entsetzt an. »Was ist aus dir geworden, Mädchen?«

Für einen Moment sah sie bestürzt, ja traurig, aus. Dann lächelte sie. »Ich dachte, ich würde mich kennen. Jetzt . . .« Sie zuckte die Schultern. »Jetzt weiß ich, daß ich mich falsch gesehen habe.«

»Dieses Ding«, er wies zum Fenster hinaus. »Es ist eine Bestie, mehr noch es ist das Böse selbst.«

»Spiel nicht mit Worten.« Sie ging zum Fenster und schaute in den mondhellen Himmel. »Es ist die Saat, von der wir stammen. Wie die Kohle zum Feuer gehört, gehört es zum Menschen. Was ist das Böse denn? Der Ursprung des irdischen Lebens.«

»Du bist . . . krank«, erwiderte er. »Glaub mir doch, du mußt fort von hier. Warte nicht länger. Spring ins Auto, und wir fahren los.«

Verächtlich lächelte sie ihn an, und plötzlich hatte er Angst vor seiner Tochter.

»Du hast die Botschaft nicht empfangen, nicht wahr? Verstehst du nicht, daß es uns folgen wird, wohin wir auch gehen? Wir sind mit einem ewigen Band an es gefesselt.«

»Sag mir, was zur Hölle ist – *es?*«

»Das ist schwer zu erklären. Es gibt in unserer Sprache kein Wort dafür. Es ist in meinem Schädel. Und es verspricht mir Macht. Ist das nichts, Macht und Erfolg, wenn man jahrelang nur zusehen durfte, wie andere es schaffen? Vermutlich hätte man mich früher verbrannt.«

Und sie begann furchtbar zu lachen.

Mit wachsender Sorge beobachtete Newton seine Tochter in den folgenden Tagen. Wo war das Ding! Immer wenn er in die Küche kam, war es nicht da. Tobias brachte keine Beute mehr heim, sondern saß nur wartend am Fenster und schien gelegentlich etwas zu beobachten, das Newton nicht sehen konnte.

Celia tat, als hätte sie alles vergessen. Sie behandelte ihn mit dem kumpelhaften Humor von früher, was ihn mehr beunruhigte als ihre schlechte Stimmung. Er blieb wachsam und wurde endlich eines Abends dafür belohnt.

»Ich habe meine Handtasche oben vergessen«, stellte Celia fest.

»Ich geh' rauf.« Newton wartete auf eine Ablehnung.

Sie lächelte süßlich. »Danke, du bist ein Schatz.«

Ihr Schlafzimmer war in Mondlicht getaucht, das Fenster stand offen, und ein mysteriöser Duft hing in der Luft. Damit waren zwei Fragen beantwortet. Das Ding verbrachte den Tag in Celias Zimmer und flog nachts aus.

Was noch nicht geklärt war, erfuhr er am nächsten Morgen aus einer anderen Quelle. Celia ging aus und kehrte später mit einem Stapel Zeitungen und Illustrierten zurück. Newton, der sich von seiner ohnehin nicht recht vorankommenden Arbeit ablenken wollte, nahm sich die Daily Mail und blätterte sie durch. Die Information stand auf der vierten Seite.

MYSTERIÖSER VOGEL

Mehrere Augenzeugen berichteten, einen unbekannten, ungewöhnlich großen Vogel in der Umgebung von Clavering in Kent gesehen zu haben. Die Beschreibungen variieren: »Ein Fledermaus-Geschöpf mit spitzen Ohren und einer weiten Flügelspanne« will man beobachtet haben, oder »Etwas, das einer riesigen Krähe gleicht«. Offizielle Stellen sprechen von einer besonders großen Fledermausart, zumal das Tier nur nachts gesichtet wurde.

Die andere Pressemitteilung hatte wahrscheinlich nichts mit dem nachts herumfliegenden Ding zu tun, beunruhigte Newton aber trotzdem.

STEIGENDE VERBRECHENSRATE IN KENT

In den letzten Tagen verzeichnete man in Kent einen unerwarteten Anstieg der Gewaltakte gegen Menschen. Mehrere brutale Überfälle und ein Mordfall beschäftigen die Polizei. Alle Verbrechen wurden von Tätern begangen, die nicht vorbestraft waren und aus gesicherten Verhältnissen kamen.

Hauptkommissar Hargraves von der Schutzpolizei meinte in einer letzte Nacht abgegebenen Erklärung: »Fernsehen und Filme, die Gewalt verherrlichen, müssen verantwortlich gemacht werden für . . .«

Newton ließ die Zeitung sinken und vergaß, daß ein bestimmtes Thema besser unerwähnt blieb.

»Celia, um Gottes willen, wo . . .?«

Erregt drehte sie sich zu ihm um. »Sei still. Nicht fragen . . . stell keine Fragen, die ich nicht beantworten kann.«

Wohl wissend, daß jedes Nachhaken nur einen Wutausbruch und vielleicht das Schlagen von ledernen Flügeln nach sich zog, versank Newton in Schweigen. Aber in ihm reifte ein fürchterlicher Entschluß.

Er ließ sich einige Wochen Zeit, bis die Entscheidung endgültig feststand, und fand sich damit ab, daß Angst sein ständiger Begleiter wurde. Damals erkannte er, daß die Hölle ein so schlimmer Ort nicht sein konnte, denn die Seele würde sich mit der Zeit daran gewöhnen. Das Grauen raubte ihm den Appetit und den Schlaf. Die Schrecken der Vergangenheit wiesen mit knöchernen Fingern auf die Zukunft. Aber gleichzeitig entwikkelte sein wohltrainiertes Gehirn, das Handlungen und Probleme zu erdenken und zu lösen vermochte, mit kühlem Verstand einen Plan.

Das Ding – wie immer es hieß – hatte einen festen Körper: Etwas wie Fleisch mußte seine Knochen umhüllen. Daraus folgte, daß dieses Wesen vernichtet werden konnte. Jetzt fiel ihm auch ein alter Name dafür ein: Fluchtdämon oder Teufelsvogel, wie das Landvolk es nannte. Vielleicht würde es sich rasch von den Wunden erholen, vielleicht konnte es jede Verletzung überstehen, aber eins gab es, dem kein stoffliches Wesen entgehen konnte: Feuer. Der Entschluß gestaltete sich zu einem festen Plan und wurde in die Tat umgesetzt.

Damit sein restlicher Mut ihn nicht zu guter Letzt noch verließ, vermied er es, nach Sonnenuntergang aus dem Fenster zu sehen und verstopfte sich die Ohren nach dem Zubettgehen mit Watte. Als die Mondsichel schmaler wurde, machte er sich ans Werk.

Acht zerstoßene Schlaftabletten in den Kakao gemischt, können fast tödlich wirken. Aber die Lage erforderte harte Maßnahmen. Er beobachtete, wie Celia das dunkle Gebräu probierte und es mit deutlichem Entsetzen absetzte.

»Fürchterlich!« Sie wischte sich den Mund ab und starrte ihn mit plötzlichem Verdacht an. »Was, zur Hölle, hast du da hineingetan?«

Er erhob sich, ging zu ihr, entschlossen, seinen Plan durchzuführen. »Trink das«, knurrte er, und sie wich zurück wie vor einem in die Enge getriebenen Tier. »Trink!«

»Nein«, sie schüttelte heftig den Kopf, »ich werde nicht zulassen . . .«

»Verdammt, trink.«

Er packte sie und warf das zierliche Mädchen aufs Sofa, wo es ihn mit offenem Mund verblüfft anstarrte. Newton holte den Becher, drückte ihren Unterkiefer nach unten und flößte ihr den Trank ein. Dann trat er zurück und wartete ab.

»Du Narr.« Häßlich war sie jetzt mit dem haßverzerrten Gesicht, der braun-verschmierte Mund spuckte die Worte aus. Er wußte, zwar hatte er sie nicht physisch getötet, aber dafür war jedes Fünkchen Achtung für ihn in ihr gestorben. Aber das war nicht wichtig – noch nicht. »Du kannst ihn bekämpfen, aber was du auch tust, er kann nicht verlieren. Paßt das nicht in deinen alten Dickschädel? Du kannst ihn nicht besiegen. Nie.«

»Ich kann es versuchen«, sagte er sanft. »Meine Seele wäre verdammt, wenn ich es nicht täte.«

»Deine Seele!« Sie lachte. Ein rauhes, heiseres Geräusch, das in den Raum platzte und im ganzen Haus widerhallte. »Was bringt dich auf den Gedanken, eine Seele zu haben? Ein Körnchen Erkenntnis, ein Atomkern von Intelligenz, der niemals dem Schock des Todes entgehen kann. Unsterblichkeit winkt nur dem Mutigen, der die Schrecken der Nacht nicht fürchtet.«

Er wartete ab, und endlich wurden ihre Augenlider schwer, die Zunge verrenkte sich zu unklaren Worten.

»Mein Liebster fliegt mit dem Nachtwind . . . Furcht ist sein Atem . . . Sein Raunen ist voller Verlangen . . .«

Die Stimme erstarb, Celia schlief, und Newton machte sich zum Kampf bereit.

Aus dem Küchenschrank holte er einen Bohrer, einen Schraubenzieher und eine Packung extra-langer Schrauben. Damit ging er zu Celias Schlafzimmer hinauf, wo er nach frischen Spuren der Bestie suchte. Sie waren nicht schwer zu finden. Rechter Hand ihres Bettes lagen ein großes Oberbett und ein Kissen. Auf der Frisierkommode stand eine Schüssel mit trübem Wasser und alles Weitere: Ein Rasierer und eine Tube Rasiercreme. Irgendwie war dieses intime Alltagsbild sowohl entsetzlich als auch obszön. Der Gedanke, daß dieses Geschöpf (oh, mein

Gott, wie mußte es gewachsen sein, daß es sich rasieren mußte!) sich die Stoppeln abschabte, machte Newton krank. Und auf diesen Gedanken folgte ein anderer – es hatte die Angewohnheiten eines Mannes.

Das Seitenfenster war weit geöffnet und gab den Blick auf die schlafende Landschaft frei. Newton schloß es und holte sein Werkzeug raus. Nach einer Weile war das Fenster vernagelt, so daß das Wesen nur noch direkt durch die Scheibe hätte ins Zimmer gelangen können. Aus einer plötzlichen Eingebung heraus malte er mit Celias Lippenstift je ein Kreuz auf beide Fensterscheiben. Drei Stunden benötigte er, um jedes Fenster des Hauses zu vernageln, wobei er immer den blauen Nachthimmel im Auge behielt.

Nachdem er die hintere und vordere Eingangstür verschlossen hatte, eilte er in den kleinen Garten und bereitete seine Feuer-Falle vor. Sie war einfach und wirkungsvoll. So hoffte er wenigstens. Eine Mischung aus Paraffin, Kerosin und Petroleum wurde über die Mauern verspritzt, desgleichen wurde ein Holzstapel präpariert. Anschließend wurden Kanister, ein Eimer und ein Fäßchen damit gefüllt. Nachdem er aus einem langen Holzscheit und mit Paraffin getränkten Lumpen eine Fackel gebastelt hatte, setzte sich Newton auf die Gartenbank und wartete.

Die Nacht war schön: In friedlicher Ruhe wölbte sich der Himmel über ihm und bot einen herrlichen Hintergrund für den kristallenen Mond und die kühl wie Diamanten glitzernden Sterne. Er hatte das absurde Gefühl, daß er der Fix-Punkt für eine Billion von Augen war: eine unbedeutende biologische Spezies unter einem galaktischen Mikroskop, der die Sterne bei ihren lächerlichen Kämpfen zusahen.

Tobias streifte durch den Garten und rieb sich an Newtons Beinen. Er griff sich den Kater und nahm ihn auf den Schoß, wo er wohlig schnurrte und dann in einen kurzen Schlaf fiel. Newton grinste gequält, als er daran dachte, daß Tobias die unschuldige Ursache dafür war, daß er hier hockte, während seine betäubte Tochter in einem verschlossenen Haus lag und der Garten einem Brandsatz glich, der auf ein Streichholz wartete.

Der graue Morgen zeigte sich am östlichen Himmel, als Newton erstarrte und Tobias vorsichtig absetzte. Ein gewaltiger schwarzer Schatten schwang sich langsam aus dem Dunkel der Bäume. Er umkreiste das Haus, und als die monströse Gestalt über ihn hinwegflog, stockte Newton wegen ihrer Größe fast der Atem. Selbst ohne die gekrümmten Hinterbeine mußte sie etwa ein Meter sechzig lang sein, und die Flügelspannweite war erschreckenderweise genauso gewaltig. Mit der nicht entzündeten Fackel schlich Newton dicht an der Hauswand entlang, immer bedacht im Schatten zu bleiben. Mit ängstlicher Besorgnis beobachtete er den Flug des Monsters. Wie würde es reagieren, wenn es feststellte, daß das Haus verschlossen war? Wenn es die Scheiben durchbräche, wären alle Pläne vereitelt.

Nachdem es dreimal ums Haus geflogen war, glitt es langsam zu Celias Fenster, wo es landete und aufgeregt mit den Flügeln schlug. Der nachfolgende Schrei ließ Newton zusammenfahren, soviel Wut schwang darin mit. Ein nahezu wahnsinniger Schrei der Fassungslosigkeit. Unter den schlagenden Flügeln erschienen zwei dünne, lange Arme, und zwei klauenartige Hände hämmerten gegen die mondbeschienenen Fensterscheiben, wo die roten Kreuze wie blutige Striemen leuchteten.

Ein rauher Schrei, und wie elektrisiert fiel das Ungeheuer zu Boden. Dort kroch es zur Seite und untersuchte zitternd vor Schmerz oder Wut seine Hände. Dann hüpfte es auf und ab, blies kühlend auf die ausgestreckten Klauen wie ein geprügelter Schuljunge. Newton wagte sich etwas näher heran, immer noch an die Wand geduckt. An der Hausecke wäre er beinahe ins volle Mondlicht getreten, hätte er sich nicht im letzten Augenblick gegen die Wand gepreßt.

Hastig trat er zurück, und der Absatz eines seiner Schuhe knallte gegen die Hauswand. Sofort wurde das Monstrum ruhig: Von einer hüpfenden Monstrosität in eine schwarze Statue verwandelt. Plötzlich drehte es den Kopf, und Newton starrte in das düster hübsche Gesicht, auf die herrlichen Augen und die ausgestreckten Krallen. Er wußte, daß es ihn sehen könnte, aber ihm kam der alberne Gedanke, daß es ihn vergessen würde, wenn er nur still bliebe. Die Krallen bewegten sich vorwärts, hüpfend wie ein geflügelter Ochsenfrosch. Die Hinterläufe fungierten als Sprungfedern, die halb gefalteten Flügel hielten das Gleichgewicht, und zweifellos lauerte etwas hinter den blauen Augen, das als Gehirn diente. Für einen Augenblick vergaß Newton sein Vorhaben, ignorierte das Gebot der Vernunft, jetzt zu handeln. Statt dessen gab er dem Entsetzen nach, drehte sich auf dem Absatz um und rannte.

Aus kleinen Schrecken wachsen mächtige Ungeheuer. Dieser Gedanke schoß ihm durch den Kopf, als er lief. Wenn er nur das kleine Ding, das Tobias angeschleppt hatte, zertreten hätte, müßte er jetzt nicht vor einem hopsenden Monsterfrosch, der wie ein zu groß geratener Spatz zwitscherte, davonlaufen. Eine plötzliche Eingebung sagte ihm, daß der Fluchtdämon von oben angreifen würde. Er stolperte über eine Wurzel und fiel ausgestreckt zu Boden. Dort blieb er liegen und wartete auf das Ende. Eine Minute, vielleicht auch mehr verging, bis er es wagte aufzusehen. Das Ungeheuer zog immer enger werdende Kreise und befand sich offensichtlich in Not. Es gab einen gequälten Schrei von sich und verlor etwas Höhe, wie ein angeschlagenes Flugzeug. Newton brauchte eine Weile, bis er den Grund dafür erkannte. Die ersten goldenen Sonnenstrahlen verbreiteten sich über den wolkenlosen Himmel. Sogleich wich die Furcht neuer Hoffnung: Der Fluchtdämon war ein Wesen der Dunkelheit, er scheute das Licht. Wie der legendäre Vampir würde sich dieses Ungeheuer mit der aufgehenden Sonne auflösen. Man sah ihm bereits an, daß ihm die Sonne nicht bekam. Es brauchte sofort einen schützenden Ort. Das Haus war verriegelt, auf der anderen Seite wartete der Schuppen im Garten – mit offener Tür. Newton wühlte in seiner Hosentasche, fand das Feuerzeug und steckte die Fackel in Brand.

Der Fluchtdämon setzte zu einer unsicheren Landung an. Er überschlug sich und stieß einige heisere Schreie aus, die die gerade aufwachenden Vögel in den Bäumen in die Flucht jagten. Das Monster richtete sich wieder auf und sprang geradewegs aufs Haus zu, das es instinktiv als Zufluchtsort erkannte. Newton hastete vorwärts, und mit einer Courage, die er bis zu diesem Augenblick nicht an sich gekannt hatte, stellte er sich ihm in den Weg und schwang die Fackel, wobei er langsam auf das Ungeheuer zuging. Die Fackel ließ das Ungeheuer zurückweichen. Newton nutzte die Situation und stieß die lodernden Flammen direkt in die verzerrte Fratze. Ein ohrenbetäubender Schrei, und er taumelte, kroch, wand sich am Boden vergaß den nahenden Tag, verspürte nur den Drang, dem verzehrenden Feuer zu entkommen. Newton steuerte seine Beute mit geschwenkter Fackel so, daß sich der Geräteschuppen genau im Weg des Monsters befand. Es brachte gerade noch fertig, die letzten Meter dorthin zu fliegen, dann verschwand es in der Tür. Newton, dessen Mut mit einemmal sank, warf die Fackel auf den ölgetränkten Holzstapel und schloß die Schuppentür. Hastig befestigte er das Vorlegeschloß, dann rannte er zum Haus hinüber.

Erst gab es ein Krachen, dann eine Explosion, und als er sich umsah, war der Schuppen eine riesige Stichflamme. Das Feuer hätte das Herz jedes Pyromanen höher schlagen lassen. Knallend, funkensprühend züngelten die Flammen empor, als wollten sie bis zu den verblassenden Sternen lecken. Das Dach stürzte ein, die Wände brachen zusammen, dann versanken die Flammen in schwarzem Rauch, und alles war vorbei. Als Newton endlich hinüberging, waren nur noch rauchende Trümmer zu sehen. Nur graue Asche, verkohltes Holz und ein paar Eisenstücke.

Dann brach er zusammen und weinte.

*

Am späten Nachmittag erwachte Celia. Sie sagte erst etwas, als ihr Vater ihr eine Tasse gesüßten Tee und einige Scheiben gebutterten Toast brachte.

»Was hast du mit . . . mit ihm gemacht?«

»Laß uns jetzt nicht davon sprechen«, bat er. »Warte bis du wieder ganz du selbst bist.«

Sie lächelte. »Ich werde nie mehr ich selbst sein als jetzt. Was hast du mit ihm gemacht?«

»Ich . . .« Er zögerte, dann antwortete er tapfer: »Ich habe ihn verbrannt. Im Geräteschuppen.«

Genießerisch nippte Celia an ihrem Tee, dann setzte sie die

Tasse ab. Sie biß in ihren Toast, kaute langsam und meinte: »Ich verstehe.«

Er war verblüfft, aber auch ermutigt durch die Ruhe, mit der Celia die Nachricht aufgenommen hatte. Newton schöpfte wieder Hoffnung.

»Es ist vorbei«, sagte er. »Dieses Ungeheuer ist zerstört und wird dich nie wieder beeinflussen. Nun wollen wir es vergessen.«

»Nein, das wollen wir nicht.«

Er kniete an ihrem Sessel nieder und nahm ihre schlaffe Hand.

»Liebling, du mußt versuchen zu verstehen. Das Ungeheuer ist fort – zu Asche verbrannt –, nichts blieb.«

Sie aß den restlichen Toast, wischte sich den mit Butter verschmierten Mund am Handrücken ab. Dann lächelte sie wieder.

»Doch, es bleibt etwas.«

»Celia, Kleines, bitte höre . . .«

Sie kicherte und kraulte ihm das Kinn mit ihren kalten Fingern.

»Du hörst jetzt zu, Väterchen. Sie werden schnell wachsen und sehr groß werden.«

Er schlug ihre Hand weg und stand auf.

»Wer?«

Gelächter schüttelte sie, ließ ihre Augen naß werden. Sie stieß hervor:

»Seine . . . seine Kinder. Die ich jeden Augenblick bekommen werde.«

Nachspiel

Der Vorhang fiel, das Licht ging an, und alle Monster strebten dem Ausgang zu, wobei sie die ersten Takte der »Monster Hymne« klatschten. Wieder im Restaurant begleitete man Donald zu seinem Tisch, wo Eramus und Manfred ihn höflich aber bestimmt in einen Sessel drückten.

»Wirklich«, protestierte er. »Ich muß mich auf den Heimweg machen. Es war ein unheimlich netter Abend, aber alle schönen Dinge haben einmal ein Ende.«

Der Vampir schaute zum Wervamp, und Eramus sprach für beide.

»Hab' noch nie 'nen Kerl gesehen, der so wild aufs Heimgehen war. Ehrlich, Mann, mögen Sie keine Geselligkeit?«

»Oh, doch.« Donald beeilte sich, keine Zweifel an seiner Kontaktfreudigkeit aufkommen zu lassen. »Ich liebe Partys und gehe gerne ins Kino oder lasse mir Geschichten erzählen. Und natürlich mag ich Bekanntschaften mit ungewöhnlichen . . .Leuten.«

»Also dann«, Eramus wollte weiter streiten, aber der Ghul klopfte mit seinem Reißmesser auf den Tisch und erhob sich mit großer Würde.

»Gentlemen, liebe Mitglieder, ich bitte um Ihre freundliche Aufmerksamkeit für eine kleine Rede. Ich bin – vermutlich irrig – der Meinung, daß sich unser Gast ein wenig unbehaglich in dieser – keine falsche Bescheidenheit – erlesenen Gesellschaft fühlt.«

Unter den Monstern wurden einige »Ahs« und »Ohs« laut, und alle schauten sich überlegen und selbstzufrieden an. Der Ghul klopfte wieder auf den Tisch.

»Ich gehe einen Schritt weiter. Ich wage sogar zu behaupten, daß er sich uns unterlegen fühlt, der bevorzugten Minderheit. Denn, Gentlemen, ist es nicht eine unbestrittene Tatsache, daß die kleine Elite immer über der Masse steht?«

Manfred meinte: »Richtig. Er hat den Nagel auf den Kopf getroffen.«

Alle anderen nickten feierlich mit Ausnahme von Donald.

Dieser fühlte sich allmählich wie ein Müllkutscher, der sich ins Raucherzimmer des »Junior Carltons« verirrt hatte.

»Aber«, der Ghul hob seinen Zeigefinger und machte eine bedeutsame Geste, »ist nicht für uns die Zeit gekommen, unsere Denkweise zu überprüfen? Nachdem ich Pro und Contra gegeneinander abgewogen, die eindeutigen Aussagen herausgefiltert, beobachtet und gelauscht, gelesen und verglichen haben, bin ich zu dem Schluß gekommen, daß wir kein Recht habe, uns der menschlichen Rasse überlegen zu fühlen.«

Diese Erklärung wurde von allen Seiten mit einem Sturm des Protests aufgenommen. Man hörte einen fanatischen Wergul »Blasphemie« schreien, und eine ältliche Vampir-Dame vertrat lautstark die Ansicht, daß der Ghul in Öl gesotten werden müßte. Aber der Vorsitzende schien nicht von dem Aufstand, den seine Worte verursacht hatten, berührt zu werden. Ruhig wartete er, bis die Ordnung wiederhergestellt war. Dann konnte er sich abermals Gehör verschaffen.

»Freunde, ich bin bekümmert, daß ich euch mit dieser unerquicklichen Wahrheit konfrontieren muß. Aber zählen wir unsere Gaben auf, messen wir unsere Leistungen und wägen wir sie dann ab gegen die der verachteten Menschen. Wir saugen, jagen, reißen, schlürfen, schlingen und pfeifen gelegentlich. Mit welchem Ergebnis?«

Ein gewaltiger Vampir erhob sich und brüllte:

»Ich trocknete letztes Jahr einhundert Menschen aus. Welcher Mensch kann sich damit brüsten?«

»Und ich«, beeilte sich ein Reddy zu verkünden, »habe mehr als zweihundertfünfzig ausgeschlürft.«

»Und ich habe mehr als hundertundneunzigmal das Maul aufgerissen«, stellte ein Maddy fest.

»Hab' dreihundert ausgepustet«, meinte ein Mock stolz.

»Ich pfiff mehr als tausendmal«, sagte ein Shadmock mit sanfter Miene und gab vor, das bewundernde Raunen, mit dem seine Leistung anerkannt wurde, zu überhören. Dann holte der Ghul zum Gegenschlag aus.

»In den vergangenen sechzig Jahren haben die Menschen hundertfünfzig Millionen Exemplare ihrer eigenen Gattung vernichtet. Keine Mühen wurden gescheut, um diese astronomische Zahl zu erreichen, und den angewandten Methoden gebührt unsere uneingeschränkte Bewunderung. Viele schwerwiegende Nachteile auf seiten der Menschheit konnten sie durch ihre wunderbare Schläue ausgleichen. Da sie keine Klauen, Reißzähne oder einen erwähnenswerten Pfiff besaßen, erfanden sie Gewehre, Panzer, Flugzeuge, Bomben, Giftgas, Konzentrationslager, Säbel, Bajonette, Todesfallen, Atombomben, Raketen, U-Boote, Kriegsschiffe, Flugzeugträger und Automobile. Außerdem haben sie eine perfekte Technik entwickelt, wie man eine tödliche Krankheit über jeden beliebigen Erdteil verbreiten kann.

Während ihrer kurzen Geschichte haben sie andere Menschen durch Hängen, Verbrennen, Enthaupten, den elektrischen Stuhl, Erwürgen, Erschießen, Ertränken, Rädern, Zerquetschen, Bauchaufschlitzen und andere, für die empfindlichen Mägen der hier Versammelten zu widerliche Methoden umgebracht.«

Dem Ghul gingen die Worte aus, und er rang nach Luft. Die übrigen Clubmitglieder waren verstummt. Donald stellte fest, daß er den Anlaß ihrer wachsenden Bewunderung geworden war.

»Ich ahnte nicht, daß Sie so begabt sind.« Voller Verblüffung starrte der Wervamp ihn an.

Donald errötete. Er war nun mal ein sehr bescheidener junger Mann.

»Ich wollte nicht prahlen«, gestand er.

Bei diesen Worten stand der Präsident, der große Lintom Busotsky persönlich, auf und bleckte seine Eckzähne zu einem ergriffenen Lächeln.

»Freunde . . . ich schätze, wir alle sind Bruder Ghul dankbar für den er-leuch-tenden und lehr-reichen Vor-trag, den zu hören wir aus-erwählt waren. Ich möchte Sie des-halb bitten, Ihre Gläser zu füllen und mit mir einen Toast auf jenen auszu-sprechen, dessen Blut uns bereichern wird, dessen Taten unvergleichlich sind und dessen böse Absichten so viel für die Zukunft versprechen.«

Die Gläser wurden mit den Getränken gefüllt, die den einzelnen Mitgliedern zusagten. Dann wandte sich der majestätische Präsident zu Donald und hob sein Glas.

»Brüder . . . ich übergebe euch das wundersamste, ungewöhnlichste, begabteste, das dia-bolischste, blutigste, das mord-lustigste, das größte Monster von uns allen. DEN MENSCH.«

Eine Menge haariger, zähnefletschender, schuppiger und boshafter Verbeugungen wurde gegenüber Donald gemacht. Ein Chor seltsamer Stimmen kreischte, röhrte, zischte, quiekte oder schrie einfach lauthals das Wort: »MENSCH!«

Als die Gläser geleert waren, wurden sie gegen die nächste Wand geworfen. Einige allerdings hatten ein noch günstigeres Ziel entdeckt, wie das Wutgeheul eines verwundete Wervamps bewies. Dann ergriff der Präsident abermals das Wort.

»Leute, ich möchte hier-mit vorschlagen, diesen Monstermensch als Mitglied in unseren er-lesenen Zirkel zu er-wählen.«

Der Ghul stand auf und räusperte sich. »Herr Präsident, ich möchte Ihren Vorschlag unterstützen.«

»Alle, die das befürworten, mögen dies in der üblichen Form be-zeugen.«

Ein einmütiger Chor von »Ajas« verkündete, daß Donald McCloud in den exklusivsten Club der Welt aufgenommen worden war. Der Ghul schüttelte ihm würdevoll die Hand, der Wervamp klopfte ihm auf die Schulter. Eramus knuffte ihn in die Seiten, und ein reizendes Vampir-Fräulein küßte ihn auf die Wangen. Wäre sie nicht im rechten Moment fortgezogen worden, hätte sie zweifellos ihrem Vergnügen in weitaus bissigerer Form Ausdruck verliehen. Dann baten die Monster einhellig um eine Rede, und Donald wurde aus dem Sessel gezogen und stand einem erwartungsvollen Publikum gegenüber. Nicht an öffentliche Auftritte gewöhnt, begann er knapp und etwas zögernd.

»Ich möchte . . . Ihnen allen danken . . . für die . . . für diese große Ehre . . . die Sie mir zuteil werden lassen. Und ich möchte sagen . . . daß ich mein Bestes geben werde . . . ein Monster zu sein . . . auf das Sie stolz sein können.«

Er nahm wieder Platz. Und während rings um ihn schallende

Hochrufe laut wurden, erhielt er von Eramus einen dreifachen »Bloody Mary«.

Augenblicklich verstummte der Tumult, jeder kehrte zu seinem Tisch zurück, doch es lag eine Spannung in der Luft. In Donalds nächster Gesellschaft wurde es merkwürdig ruhig nach der Gratulationsrunde. Betreten starrten seine neuen Freunde in ihre leeren Gläser. Schließlich ergriff der Ghul das Wort.

»Nun, mein Lieber, sind Sie ein richtiges Mitglied. Wie aufgeregt Sie sein müssen.«

»Ja«, erwiderte Donald, der inzwischen seinen dreifachen »Bloody Mary« geleert hatte und etwas überdreht war. »Ab . . . absolut großartig.«

»Das freut mich«, murmelte der Ghul. »Ich hasse es nämlich, Geschäftsangelegenheiten mit den Vergnügungen zu vermengen. Aber ich glaube, Sie zahlen sicherlich Ihre Aufnahmegebühr. Geben Sie von . . . eh . . . Herzen, sozusagen.«

»Gebühren?«

»Ja, es gibt einen Mitgliedsbeitrag, der immer etwas hart ankommt im ersten Jahr. Außerdem ist es Tradition, daß ein neues Mitglied an seinem ersten Abend im Club die Zeche für alle bezahlt. Ich nehme an, daß Sie nicht gegen diese Tradition verstoßen wollen.«

»Nein . . . nein, gewiß nicht. Wieviel schulde ich?«

Der Ghul winkte dem in der Nähe stehenden Kellner, der mit einer unglaublich langen Rechnung erschien.

»Wieviel wird der Spaß heute abend kosten, Markus?«

Der Kellner schaute auf die Rechnung.

»Drei Runden Mix-Getränke, Essen für acht, acht Kino-Karten, Garderobe und zehn Prozent Bedienung. Das macht zwei-zwei, Sir.«

Der Ghul runzelte die Stirn und bemühte sich um einen gequälten Gesichtsausdruck.

»Dann ist da noch Ihr Beitrag – macht noch mal zehn. Fürchte, Sie müssen drei-zwei flüssigmachen.«

Donald griff nach seiner Brieftasche, während er einen Seufzer der Erleichterung ausstieß. »Das ist alles? Drei Pfund, zwei Pence?« Das nenne ich vernünftig.«

Der Ghul wirkte sehr verlegen und wählte seine Worte sorgsam.

»Ich merke, Sie haben nicht ganz verstanden, werter Freund. Wir handeln hier nicht mit menschlicher Währung. Ihre Gesamtrechnung beläuft sich auf zweiunddreißig Liter.«

»Zwei . . .unddreißig Liter! Wovon?«

»Blut!«

»Natürlich«, der Ghul tat sein Bestes, den Schlag zu mildern. Niemand wird erwarten, daß Sie alles auf einmal zahlen. Wir sind keine Blutsauger – jedenfalls nicht im übertragenen Sinne. Außerdem würden Sie das ja gar nicht überstehen. Nein, ich würde sagen, zwei Liter sofort und den Rest . . . nun . . . am Sankt-Nimmerleins-Tag.«

Donald gestattete sich eine kurze Denkpause, dann entschloß er sich, schnell zu handeln. Tatsächlich schaffte er es bis in die Vorhalle, wo ihn der Vampir an der Rezeption abfangen mußte. Begleitet von einem höhnischen Pfeifkonzert und Buh-Rufen schleifte man ihn zum Tisch zurück. Der Ghul sah schockiert und betroffen aus.

»Ein Zechpreller.« Traurig schüttelte er den Kopf. »Wer hätte das gedacht? Ein kümmerlicher Zechpreller.«

Dann kam ein mit einer Kochmütze und einem weißen Overall bekleideter Vampir aus der Küche, der die größte und längste Injektionsspritze trug, die Donald jemals gesehen hatte.

Ein Wergul, ein Wervamp, ein Werwolf und Eramus waren nötig, um ihn ruhig zu halten, als der erste Liter abgesaugt wurde.

ENDE